U0067976

小說創作

之理論與實務

蔡輝振 編著

天空數位圖書出版

目　錄

序　言

　　本書之以《小說創作之理論與實務》為題，其目的在於讓小說研究者，知曉〝小說創作的理論與格律規範〞；讓小說創作者，明瞭〝小說創作的理論與實務運用〞；更讓小說評論者，有所依從，以便讓小說愛好者，理論與實務兼備，而能更上一層樓，是為筆者所盼。

　　人生總有許多的困頓，困頓讓人喪氣；人生總有許多的遺憾，遺憾讓人悲痛。困頓與遺憾真不知道盡多少人對生命的無奈！也令人欲哭無淚。唯有小說的天空，是一個可以讓人盡情飛翔、遨遊、揮灑的地方！彼此分享喜悅，也彼此傾聽哀愁！你、我可以是上帝，也可以是魔鬼！我們雖不一定能幸福，然我們一定擁有五彩繽紛的人生，困頓與遺憾，將獲得彌補。

　　本書之問世，緣於目前並無完整之〝小說創作的理論與格律規範〞，以及〝小說創作的理論與實務運用〞等書籍出版。連小說作品之分類法，也沒有統一標準，仍呈各說各話的現象，如小說家羅盤、傅騰宵、周伯乃、周振甫、英國・佛斯特（Forster, Edward Morgan 1879~1970），以及學者張健等均是如此。如此紛擾的主張，沒有一致的看法，真讓小說愛好者，無所適從，尤其是小說評論者的評論，難於得到客觀的認同。基此，本書集結各家之說，並加以探討，去其

糟粕，取其精華，並客觀的統整，期能奠定小說理論的基礎，以使小說的規範得到統一，尤其是小說實務的運用，更能揮灑自如。

　　本書之內容，先從導論單元介紹小說之概念與演進、小說之起源與發展，以及小說之分類與要素，後以構成小說要素之：標題、情節、時空、人物、語文等五單元加以論述，最後呈現出小說的主題思想，以及小說的藝術風格，並以結論作結。從各單元的含義分析、創作的方向與重點，以至到美詞佳句的運用與欣賞，循序漸進、由淺入深的引導愛好者的寫作技巧，再實務練習小說的書寫。本書說明簡潔易記，是愛好者寫作的最佳指南，也是教師指導小說創作的最佳教材。

　　為配合教育部之政策，讓吾人快樂的學習，本公司不惜花費巨資，建置「天空知城」數位學習平臺(http://www.knowledgecitysky.com.tw)。該平臺將本叢書全部數位化，並建置教師與學生雙向互動式數位教學模式，以及練習系統、考試系統、題庫資料庫等。對教師而言：將可免除備課、出題考試與閱卷批改的煩惱，課程內容又可標準化，以及深廣化，資料也可隨時統一更新，非常方便省時；對學生而言：趣味性的數位教學，將可引發學習的動機；教材內容的豐富性，將可增進知識的廣博，尤其是課後的輔導，教師與學生之間，隨時可在互動式數位教學平臺上雙向溝通，也可以不受時空限制反覆的學習，尤其是紙本版與數位版的教材可相互為用，非常方便。自此而後，我們將可置身在一個人性化、

智慧化、便捷化，以及講究視聽覺享受的操作環境，唾手可得所要的資訊。

國立雲林科技大學漢學所退休教授
天空家族企業總部總裁

葉輝振　謹識於臺中望日臺
2022.01.09

第一章　導論

什麼是小說(Novel)，它是文學表現的一種樣式，是文學中：散文、詩詞、小說、戲曲等四大類之一，用來描寫人物故事，塑造多樣化的人物形象，可擁有完或不完整的佈局，及其發展、主題等的文學作品。與其他文學樣式相比，小說的容量較大，可以細緻的展現人物性格和命運，可以表現錯綜複雜的矛盾衝突，還可以描述人物所處的生活環境等。

本文基於孟子曰：「頌其詩，讀其書，不知其人可乎？是以論其世也。」意即吟詠他們作的詩，讀他們著的書，不知道他們的為人行嗎?因此要研究他們所處的時代啊！故本單元先從有關小說的歷史背景說起，並分小說之概念與演進、小說之起源與發展，以及小說之分類與要素等分述如下：

第一節　小說之概念與演進

〝小說〞一詞，在中國首見《莊子‧外物篇》：「飾小說以干縣令，其於大達亦遠矣。」[1]復見《荀子‧正名篇》：「故知者論道而已矣，小家珍說之所願皆衰矣。」[2]荀氏的〝小家珍說〞與莊氏的〝小說〞，意義大致相同，指小家之說的瑣屑雜記，是當時士大夫所輕視，卑賤不足道，難以進入文學殿堂與〝大達〞相提並論。可見，先秦時代對小說的概念，僅止於〝瑣屑雜記〞而已。

漢代後，班固始將小說納入史書《漢書‧藝文志》內，成為九流十家中的最後一家。在此之前，雖有劉歆的《七

---

[1] 《莊子‧外物篇》卷九，臺北臺灣中華書局，載於四部備要本，民五十五年三月臺一版，P.2 前。
[2] 《荀子‧正名篇》卷十六，同前註，PP.9 後、10 前。

略》，然原書已佚，無從考據，是年班氏即據此書撰成〈藝文志〉，共收錄自〈伊尹說〉以下至〈百家〉止，凡十五家一千三百八十篇。並說：「小說家者流，蓋出於稗官。街談巷語，道聽塗說者之所造也。孔子曰雖小道必有可觀者，焉致遠恐泥是以君子弗為也。」[3]如淳亦注說：「王者欲知閭巷風俗，故立稗官，使稱說之。」[4]依此，班氏的〝稗官〞，猶古代〝採詩官〞，而〝小說〞亦如〝國風〞，皆是民間諷世寫懷之作。雖僅限〝寓言志異〞，然與先秦相比，此時對小說的概念，顯然已有轉變，但仍不被重視。如漢・桓譚《新論》云：「小說家合殘叢小語，近取譬喻，以作短書，治身理家，有可觀之詞。」[5]其中之〝短書〞，漢・王充《論衡》說：「在經傳者，較著可信，若夫短書俗記，竹帛胤文，非儒者所見。」[6]可見，當時小說家所作之短書，既非出於經傳，自難為士大夫所接受。故班氏復謂：「諸子十家，其可觀者，九家而已。」[7]其被忽視，尤見一斑。自此凡有〈藝文志〉或〈經籍志〉的史書，就必有小說家一類。如唐・長孫無忌等撰《隋書・經籍志》共收錄自〈燕丹子〉以下至〈水飾〉止，凡二十五部一百五十五卷。後晉・劉昫撰《舊唐書・經籍志》，則與前書無大異，充其量只刪亡書，另增〈博物志〉。兩書上並說：「小說者，街說巷語之說也。傳載輿人之誦，詩美詢於芻蕘。……孔子曰：『雖小道，必有可觀者焉，致遠恐泥。』」、「九曰小說家，以紀芻辭輿誦。」[8]可見，隋唐兩

3　漢・班固《漢書・藝文志》卷三十，同註 1 第四冊，PP.23 後、24 前。
4　同前註。
5　漢・桓譚《新論》。
6　漢・王充《論衡・骨相篇》卷三，同註 1 第一冊，PP.4 後、5 前。
7　同註 3，P.24 前。
8　唐・長孫無忌《隋書・經籍志》卷三十四，同註 1 第三冊，P.6 後；晉・劉昫《舊唐書・經籍志》卷四十六，同註 1 第四冊，P.3 前。

代對小說的概念，大致承襲漢代。到宋代後，歐陽修重撰《新唐書·藝文志》，便進一步擴充其門類和內容，並將前此歸在史部雜傳類的書，皆入小說內，共收錄自＜燕丹子＞以下至＜封演續錢譜＞止，凡三十九家四十一部三百零八卷。猶如一盤大雜燴，然不可否認，小說領域亦隨之加大。其後元·脫脫等修《宋史·藝文志》、清·張廷玉等修《明史·志》，大抵延襲該書。清代，紀昀撰《四庫全書·簡明目錄》時，除將＜山海經＞、＜穆天子傳＞列入小說外，亦進一步將中國小說歸成三類：一曰雜事，如＜西京雜記＞、＜何氏語林＞等屬之，凡八十六部五百八十卷。二曰異聞，如＜山海經＞、＜夷堅支志＞等屬之，凡三十二部七百二十五卷。三曰瑣記，如＜博物志＞、＜清異錄＞等屬之，凡五部五十四卷。並說：「跡其流別，凡有三派：其一敘述雜事；其一記錄異聞；其一綴緝瑣語也……然則博采旁蒐，是亦古制，固不必以冗雜廢矣。今甄錄其近雅馴者，以廣見聞，惟猥鄙荒誕，徒亂耳目者，則黜不載焉。」[9]在此之前，已有明·胡應麟《少室山房筆叢》為小說做分類，胡氏把它分為六大類：一曰志怪，如＜搜神、述異、宣室、酉陽＞之類。二曰傳奇，如＜飛燕、太真、崔鶯、霍玉＞之類。三曰雜錄，如＜世說、語林、瑣言、因話＞之類。四曰叢談，如＜容齋、夢溪、東谷、道山＞之類。五曰辯訂，如＜鼠璞、雞肋、資暇、辨異＞之類。六曰箴規，如＜家訓、世範、勸善、省心＞之類。

可惜，前舉史書對小說界限與性質，意見分歧，混淆不清。像《漢書》所錄＜周考＞係考周事……顯然與班固所說〝街談巷語〞的性質不同；《隋書》所錄＜座右方＞、＜器

9 清·紀昀《四庫全書·總目提要》第三冊，文淵閣四庫全書本，臺北臺灣商物印書館出版，P.938。

準圖＞……，根本與小說無關。而＜山海經＞、＜神異經＞、
＜東方朔傳＞、＜搜神記＞等，這類神話志怪，反入史部地
理類或雜傳類；《新唐書》雖擴充門類和內容，集神鬼、因
果、教誡、數典、勘繆、服用等之大成。卻對當時流傳的〝傳
奇小說〞和〝講唱變文〞，不加採擷；至明代後，傳奇方由
胡應麟納入《少室山房筆叢》，成小說範疇。他並說：「小
說，子書流也，然談說理道，或近於經。又有類注疏者。紀
述事跡，或通於史。又有類志傳者。……究其體製，實小說
者流也。」[10]胡氏不僅擴充小說領域，更將它與經、史之間
架上橋樑，使小說源於正統文學的支脈；而變文則逕自發展
為宋代話本後，才由明・郎瑛納入《七修類稿》。他說：「小
說起宋仁宗，蓋時太平盛久，國家閒暇，日欲進一奇怪之事
以娛之。故小說得勝頭迴之後，即云話說趙宋某年，閭閻淘
真之本之起……又非如此之小說。」[11]郎氏此話雖就宋代話
本而云，卻已使話本成小說中的一體；《四庫全書》雖為中
國小說分類，內容仍延襲舊制，將唐代變文一路發展下來的
宋元話本、明清章回，都摒除在外。就連傳奇小說亦僅列＜
甘澤謠＞，像＜古鏡記＞、＜李娃傳＞、＜虯髯客傳＞、＜
趙飛燕外傳＞、＜李師師外傳＞等重要作品，竟望門興嘆，
實另人惋惜。

　　可見，中國前此對小說的概念，幾於各代，皆有不同，
其界限也模糊不清，如繩之以現代的小說標準（大致應包含
有：情節、結構、人物、對話、時間、場所、風格及人生觀
等），幾無一合適，然對小說輕視，則相差無幾。儘管如此，

10　明・胡應麟《少室山房筆叢》卷二十九，上海中華書局編出，1958
　　年10月第一版，P.374。
11　明・郎瑛＜七修類稿＞卷二十二，《筆記小說大觀》第三十三編第一
　　冊，臺北新興書局，民七十二年六月版，P.330。

小說在每個時代都有產生，是不爭的事實。不論史學家收不收錄，或士大夫如何卑視，小說依舊在茁壯成長。誠如胡應麟所說：「子之為類，略有十家，昔人所取凡九家，而其一小說弗與焉。然古今著述，小說家特盛，而古今書籍，小說家獨傳，何以故哉？怪力亂神，俗流喜道……。夫好者彌多，傳者彌眾，傳者日眾，則作者日繁，夫何怪焉。」[12]

第二節　小說之起源與發展

先秦之前的古代神話，係後來小說的濫觴，無論中、外大致如此，雖不能謂神話就是小說，然小說起源於神話傳說，似已無可置疑。古代人類，對自然界的奧秘，晝夜更替，四時運行，風雨雷電等現象，並無能力去理解，於是通過冥想，附在各現象之解釋後，就變成今日的神話。《山海經》、《穆天子傳》，便是彙集此等神話的產物。

漢代承秦皇漢帝求神仙，好方術的餘風，朝野流行黃白之術、養生之法，故兩漢神仙小說最發達。《漢書·藝文志》所收錄＜伊尹說＞等篇，今已大部分亡佚，無從深考；還好尚有《漢武故事》、《趙飛燕外傳》、《東方朔傳》、《西王母與東王公》、《西京雜記》、《神異經》等書，相傳為漢時作品，雖可能六朝人偽作，然離漢亦不遠，仍可觀出漢代小說的盛況。

六朝受佛、道兩家思想影響，因果輪迴與道教傳說，遂為當時最受歡迎的材料。由於民間與士大夫所好不同，小說便朝鬼神志怪和清談筆記兩方面進行，前者自是民間寵物，

---

[12] 同註 10。

後者亦成為士大夫所樂聞。在鬼神志怪方面：劉義慶《幽明錄》、顏之推《冤魂志》、王琰《冥祥記》等書，就含有濃厚佛教思想，張華《博物志》、干寶《搜神記》、王嘉《拾遺記》等書，亦處處顯露道教色彩。在清談筆記方面：裴啟《語林》、劉義慶《世說》等書，專輯錄當時士大夫之流的雋語軼聞，一時之間也大受歡迎。

　　隋唐兩代上承六朝志怪，中受古文運動影響，故能下開〝傳奇小說〞新體，一擺過去筆錄雜記形式之羈絆，作品可分神怪、戀愛、豪俠三類。神怪類：除受當時盛行佛、道影響外，係直由六朝鬼神志怪小說演變而來。王度《古鏡記》、李朝威《柳毅傳》、沈亞之《秦夢記》等書，便是這類的代表。戀愛類：在此之前中國並無專寫戀愛小說，唐代後，因受第一位女皇帝〝武則天〞，及繫三千寵於一身的〝楊貴妃〞影響，女性地位，如日東昇，她們突破傳統觀念的藩籬，追求自由、戀愛，故以戀愛為背景的小說，就應運而生。張鷟《遊仙窟》、白行簡《李娃傳》、蔣防《霍小玉傳》、元稹《鶯鶯傳》等書，是該類的代表。豪俠類：是中唐藩鎮割據下的產物，唐代國力雖強，可惜自安史之亂後一蹶不起，遂演成藩鎮割據局面，節度使個個專橫跋扈魚肉鄉民，中央卻無可奈何。因此，百姓轉為寄望路見不平之豪俠劍客，故以行俠仗義為背景的小說，也因而產生。柳珵《上清傳》、袁郊《甘澤謠》、杜光庭《虯髯客傳》等書，為這類的代表。唐代除傳奇外，尚有一種講唱的〝變文〞新體，如《敦煌變文集》、《維摩詰經變文》等在民間流行，當時並不受注意。

　　宋元小說以傳奇和話本為主，傳奇續隋唐發展而下，李昉等編修《太平廣記》，即是這方面的大結集，陳彭年《志異》、樂史《太真外傳》、秦醇《趙飛燕外傳》等書，皆是

這時期作品。而話本則由唐代變文發展而來，隨以講故事為生之〝說話人〞興盛，也使宋元話本站一席之地。話本有兩類：其一係以說一故事而立知結局者謂之〝說話的小說〞，另一係以敘述史實而雜燴虛辭者謂之〝講史書〞。前者大都收錄於《京本通俗小說》、《今古小說》，及單行本《大唐三藏取經詩話》等書，後者有《梁公九諫》、《三國志平話》、《宣和遺事》等書；明清章回小說，係由前此講史書逐一演變而來，發軔於元朝，風行於明清兩代。四大奇書中元‧施耐庵之《水滸傳》及元‧羅貫中之《三國演義》，即完成於元末明初，明‧蘭陵笑笑生之《金瓶梅》及明‧吳承恩之《西遊記》則成於明朝。其後有許仲琳《封神演義》、羅懋登《三寶太監下西洋》、吳元泰《東遊記》等書。

清朝是小說史上最熱鬧的時代，大致有筆記、諷刺、人情、才藻、狹邪、俠義及譴責七種。筆記（擬晉唐小說）以蒲松齡《聊齋誌異》為代表，諷刺以吳敬梓《儒林外史》為代表，人情以曹雪芹《紅樓夢》為代表，才藻以李汝珍《鏡花緣》為代表，狹邪以魏子安《花月痕》為代表，俠義以石玉崑《三俠五義》為代表，譴責以劉鶚《老殘遊記》為代表。

小說發展到清末民初時，適逢中國海禁開後，資訊發達，留學劇增，加上翻譯小說：如魯迅、周作人《域外小說集》、林紓《巴黎茶花女遺事》等大量引進，中國文學遂受西方影響，新體白話小說，便在〝話本〞基礎上一一出現。像李寶嘉《官場現形記》、吳沃堯《二十年目睹之怪現狀》、劉鶚老殘遊記》、曾樸《孽海花》等書，不僅是語言運用的改變，在題材上，也多能反應社會現實面。就整體言之，大抵勾出西方小說輪廓，顯然的，中國小說至此已具現代小說

的雛型。接著，白話小說即在「**局勢所趨**」[13]下大量流行，有的水準雖不高，但它的發展快速，影響也逐漸擴大，這種新興文體便在中、西與新、舊的橫縱中，產生互動(Interaction)交錯。終在五四運動前（民國六、七年，公元1917、8年），誕生了現代小說，由陳衡哲與魯迅先後發表的＜一日＞及＜狂人日記＞，開創現代小說之先河。隨後、魯迅《阿Q正傳》、郁達夫《沉淪》、茅盾《子夜》、巴金《滅亡》、楊振聲《玉君》、蕭紅《生死場》等書，便陸續出籠，新作家也如雨後春筍的冒出。他們多半使用現代語言，寫出不同題材，不同風格，造就今日輝煌的現代小說史。自此，小說始受到士大夫的尊重，進入文學殿堂與經、史、子等平起平坐。

　　由此，中國小說之起源與發展，大抵從先秦的神話故事、漢代的神仙小說、六朝的神仙志怪與清談筆記，到隋唐的傳奇及變文、宋元的傳奇和話本、明清的章回及擬晉唐，以致清末民初的小說和五四前後的現代小說止，一路發展下來。若論小說概念之合理化，應算唐代出現的傳奇和變文才粗具規模。前者一脈相連為宋元的傳奇志怪，到清的擬晉唐，是文言小說發展的路線；後者一脈相連為宋元的話本，到清末民初的白話，是白話小說發展的路線，此乃中國小說演進之兩條道路。到五四現代小說登場後，一方面承襲後者的傳統，另一方面也接受西方的影響，遂獲得成長壯大，前

---

[13] 魯迅說：〝光緒庚子〔1900〕後，譴責小說之特盛，蓋……群乃知政府不足與圖治培擊之意矣。其在小說則揭發伏藏，顯其弊惡，而於時政，嚴加糾彈，或更擴充，並及風俗。雖命意在於匡世……，以合時人嗜好，則其度量技術亦遠矣。〞可見，當時以白話為主的譴責小說〔《官場現形記》等屬之〕，其流行乃局勢所趨。見魯迅《中國小說史略》第二十八篇，《魯迅全集》卷九，北京人民文學出版社編出，1993年第一版，P.282。

者卻就此消聲匿跡。而奠定現代小說之基礎者，便是魯迅。

第三節　小說之分類與要素

　　所謂〝分類〞(Classification)，係將具有相同屬性，或特質的事物，或狀態提取出來，歸為一類，然後以一個通稱稱之，這就是分類，也就是依照事物特性加以區分的類別。

　　而所謂〝要素〞(Key element)，是指構成一個客觀事物的存在，並維持其運動所必備的最小單位，是構成事物必不可少的現象，又是組成系統的基本單元，是系統產生、變化、發展的動因。也就是描述客觀世界中，具有共同特性與關係的一組抽象的現象。茲說明如下：

一、小說之分類：

　　目前小說分類還沒有統一標準，仍呈各說各話，如小說家羅盤對小說分類，包含：就時代、就性質、就文體、就表現手法等四大分類。[14]而臺大教授張健、小說家傅騰霄等卻僅止於長篇、中篇、短篇與小小說的分類而已。[15]對詩、散文、小說、戲劇等，張氏謂之〝文學類型〞，而傅氏卻稱之〝文學體裁〞。[16]連界定長篇、中篇、短篇的字數標準，亦有所差異，張氏以十萬字以上謂之長篇，三萬至十萬字之間

---

[14] 羅盤：《小說創作論》，（臺北：東大圖書公司，民七十九年三月），P.15。

[15] 張健：《文學概論》，（臺北：五南圖書公司，民八十一年八月），PP.181、182。與傅騰霄：《小說技巧》，（臺北：洪葉文化公司，1996年4月），P.19。

[16] 同前註，PP.111、112與P.393。

謂之中篇，三萬字以下則謂之短篇小說。[17]而小說家周伯乃的長篇是五萬字以上，中篇是三萬至五萬字之間，短篇小說是三萬字以下，數十字或數百字則稱之小小說。[18]至於其他項目，張健所著《文學概論》，或英國小說家佛斯特《小說面面觀》、羅盤《小說創作論》、周伯乃《現代小說論》、周振甫《小說例話》等，亦是各有其分類沒有一致的看法。

　　由此，筆者認為，在小說的分類上，可從形式與內容兩者來區分。它們是相對而組成的一對範疇，內容是事物內在諸要素的總和，而形式是內容的存在方式，是內容之結構與組織所表現於外的一種形相。因此，以〝小說形式〞及〝小說內容〞兩者來區分，應是恰當。其〝小說之分類法〞如下表：

---

[17] 同註 15。
[18] 周伯乃：《現代小說論》，（臺北：三民書局，民六十三年五月），P.146。

項　　目		內　　　容
文學類型		散文、詩詞、小說、戲劇等類。
小說形式區分	形式結構分類	一、意識流形態。二、長鍊式形態。三、性格式形態。四、框架式形態。
	長短分類	長篇、中篇、短篇、小小說等類。
	體裁分類	古典（如筆記、傳奇、話本、章回）、現代等類。
	性質分類	歷史、社會、愛情、俠義、神怪、寓言、童話、諷刺、偵探、遊記、冒險、鄉土、戰爭、科幻、通俗等類。
	文體分類	順序體、倒敘體、書信體、日記體、雜記體等類。
	敘述分類	第一人稱、第二人稱、第三人稱、人稱迴轉、對話方式等類。
	語言分類	文言文、新民體、邏輯文、白話文等類。
小說內容區分	主題分類	窮究真理哲學、啟發智慧良知、反映社會人生、宣揚國家正義等類。
	題材分類	歷史背景、現實社會、國家民族、家庭親情、愛情婚姻、倫理禮教、日常瑣事等類。
	內容結構分類	單式結構、複式結構等類。
	性質分類	悲劇性、喜劇性、悲喜劇性等類。
備　　註		可依需要或時代而增減。

　　其中之文學（literature），它的拉丁詞根 literatura/litteratura，起源於 littera：letter 或 handwriting，當時被用來指向所有的書面記錄，也就是任何單一的書面作品。因此，文學在廣義的意義上，是指具有藝術或智力價值的任何單一作品。

　　由此，文學類型可分為〝古典〞及〝現代〞兩種。古典文學類型包含：經、史、子、集四部的文學作品；而現代文學類型包含：散文、詩詞、小說、戲劇等四大類。本文以小說為主，並以其形式及內容說明如下：

１、就小說形式區分：

　　所謂〝形式〞（Form），乃指形狀、式樣，它是表面的、外在的。在文學作品上指作品外在的體式，相對於內容而言。小說形式的區分，大致包含有：形式結構分類、長短分類、體裁分類、性質分類、文書體分類、敘述分類，以及語言分類等。茲就此等項目，分析如下：

A.形式結構分類：

　　小說之形式結構，是由特定的情節單元或敘事單元所構成,不同的小說篇章,其構成的方式各有不同，從而形成不同的小說結構形態，不同的結構形態有不同的敘述特點與審美功能。以目前而言，小說形式結構的基本形態大致有：意識流、長鏈式、性格式，以及框架式等形態。茲分析如下：

　　a.意識流形態：該形態之小說結構，也稱〝網狀結構〞，基本上均由意識流程所組合，以〝某個人物之意念或意識〞為核心，進行其由此及彼的聯想推理，把每一個意象，組織

在整個流程之中。意象與意象間的轉換，不是量的增加，便是質的飛躍，經過多次轉換後，便能徹底祖露人物的意願與情態，以完成作者所要表現的人生感受和深刻揭示病根，進而達到表現主題為目的，此種意識流形態，具有強烈的演繹法色彩。如法‧馬塞爾‧普魯斯特（Marcel Proust，1871~1922）著之《追憶似水年華》（À la recherche du temps perdu）；魯迅之〈狂人日記〉、〈白光〉等小說，即是屬這類的作品。

　　《追憶似水年華》是部長篇小說，除第一部關於斯萬的戀愛故事採用第三人稱外，其餘都是通過第一人稱敘述出來的，敘述者〝我〞的回憶是貫穿全文的重要藝術表現方式。小說一開始，便從〝我〞在床上醒過來，腦海充滿夢幻般的狀態。接著採用回憶法，藉由一杯茶和一塊點心的觸發，讓他回憶起小時候在姑媽萊奧妮家生活的情景，進而引出〝我〞的家庭身世和個人經歷，以及蓋爾芒與斯萬兩大家族，上演了形形色色的人物事件。整部小說的內容，就是通過敘述者的回憶向縱深發掘，逐步推進，最後完整地呈現出來。這種回憶法的表現，是〝自我〞的內心世界，更是人的精神生活。作者大量採用了〝自由聯想〞方式，一物誘發一物，一環引出一環，進而形成作品意識聯想的態勢，這就是意識流小說的特徵。

　　〈狂人日記〉以〝每個人都想害我〞為主角〝狂人〞的意識核心，通過狂人所見所聞所感所想所做去表現：由趙家的狗看我兩眼、感到趙貴翁和路人都想害我、感到他們想要吃我、進而發現哥哥亦想合夥吃我、因此我要勸告吃人的人、勸告哥哥無效、原來死去的妹子就是被大哥吃掉的、啊原來我也無意中吃到妹子等意象片斷。從歷史到現在，從社會到家庭，從家庭成員到我的種種聯想推理，最後發出〝救

救孩子〞之呼聲，由此深刻地展現出〝禮教吃人〞的主題。整篇結構之每個環節組成，皆是狂人意象的由此及彼轉換，呈急速連鎖反應，這即是前述所說〝量的增加〞。

〈白光〉以主角〝陳士成〞一心想要〝門口旗竿和扁額〞的科舉為意念核心，通過縣考中秀才的暢想、到落榜失意的情態、由淒涼之月光想到金光銀光、想要挖掘祖藏、向萬流湖放出的白光奔去等的種種聯想推理，最後以〝落水一命嗚呼〞，來深刻反映〝科舉制度害人〞的主題。整篇結構亦如〈狂人日記〉，皆是意念或意象的由此及彼轉換，也呈連鎖反應方式。所不同者，〈狂人日記〉所想的，僅在腦內進行，而〈白光〉則付諸於身體行動。

b.長鏈式形態：該形態之小說結構，也稱〝線狀結構〞，基本上是以〝事件〞為核心，以描述事件之產生、發展、結果等的過程為其線索。每一個片斷之前後關係是互為因果，環環相扣，彼此之間的轉換，必須建立在這條因果鏈上，從而有系統，且完整的畫出事件發展始末之軌跡，以表現其主題。如英・珀西・拉伯克（Percy Lubbock，1879~1965）之《羅馬照片》（Roman Pictures）；魯迅之〈肥皂〉、〈傷逝〉等小說，即是屬這類的作品。

《羅馬照片》是部社會喜劇小說，敘述者是位在羅馬遊歷的觀光客，認識一位浮誇的朋友叫〝狄林〞。這位朋友責備他只參觀教堂，硬要他去見識見識羅馬的一般社會現象，他雖有點不樂，但還是答應了。於是他像貨物般地從一個人手中交到另一個手中，畫廊、咖啡廳、梵蒂岡、義大利皇宮等周圍都去過。最後，來到一個貴族但破舊不堪的宮殿內，再見到了狄林。原來，狄林是這座宮殿女主人的侄子，由於

一種內在的自傲，而不願表明身份。作者讓他們兜了一圈後，又合在一起，互相招呼時還是有點迷糊，然後相對釋然一笑。可見作者以一連串的小奇峰，以及處處施舍給他的人物一種刻意經營過的慈悲，使他們顯得比沒有得到這種施舍還要慘兮兮，雖然顯得囉嗦與嘮叨，但在小說結束處，這種喜劇氛圍已經氤氳成型。當他們在客廳中重逢時，故事中許多散亂的小事件，便能以一條他們自己血肉編織而成的線串了起來。

〈肥皂〉是由主角〝四銘〞，〝買了一塊肥皂〞這個事件為核心，所引發的一連串事情。從為博得太太高興而買了一塊肥皂起、因買肥皂時被人罵一句惡毒婦、四銘不懂所以回家問兒子學成、因學成未能回答所以大罵洋學、接著罵學成的無知與不懂禮貌、並以街上行乞孝女教育學成、由此引出對孝女介紹之光棍的話、交代那塊肥皂的由來、引起太太責罵、接著是展現四銘之流（包括道翁、薇園）的醜陋思想等片斷。這些情節的組合，與〈兔和貓〉相似，皆有其連貫性及因果性，可有系統尋出事件發展的軌跡，由此掀開〝偽道學者假面具〞的主題。

〈傷逝〉由男主角〝史涓生〞，失去女主角〝子君〞後的〝悔恨和悲哀〞這個事件為核心，透過回憶方式與子君熱戀、子君沖破家庭的阻力與涓生結合、兩人同居的甜蜜與建立家庭的情趣、子君因不堪家務操勞而煩惱、涓生被辭職所帶來的打擊、二人終由愛到冷漠虛偽、到最後敵不過生活的壓力而分離，子君因不知生路在那裏而死去，涓生卻還在惘然掙扎。這些情節亦是以因果關係為序的組合，順著事理發展過程來排列，環環扣在一起，從而體現〝愛情與麵包〞的主題。

c.性格式形態：該形態之小說結構，基本上是以〝人物性格〞為核心，依其性格發展的邏輯，安排人與人、人與環境等之間的關係，設計各種糾葛、頓挫、矛盾等情節。作品以表現典型性格為出發點，亦以完成其典型性格為依歸，由幾個獨立的側面，來揭露一個總特徵，以展示其主題。如魯迅之〈阿Q正傳〉、〈離婚〉等小說，即是屬這類的作品。

〈阿Q正傳〉以主角〝阿Q〞之性格特徵（心理學謂之心理〝補償作用〞（Compensation）。一般學者謂之〝精神勝利法〞。）為核心，依其性格發展，安排了從序到大團圓九個章回，每一章回皆有其特定時間與空間，以及相對獨立的情節、場面或細節等。由這九個獨立的側面來加以描繪，圍繞在阿Q之主導性格上，以揭示〝精神勝利法〞這個總特徵。如阿Q與別人有口角時會瞪著眼睛道：「**我們先前比你闊的多啦！你算是什麼東西！**」一副自負高傲、自欺欺人之態。當他被人揪住辮子，在壁上碰了四五個響頭後，他會又以「**總算被兒子打了，現在的世界真不像樣……**」來安慰自己，忍辱苟生；甚至送往法場去槍斃，仍不忘說出「**過了二十年又是一個……**」此均是以幾個獨立側面，來揭示精神勝利法。

〈離婚〉以主角〝愛姑〞之〝潑辣反抗性格〞為核心，不採用講述故事或見聞的方法，在時空場景上，亦不鋪張。僅將人物的活動限制在一個特定場面〝慰老爺府上〞，就把愛姑為離婚而決計「**拼出一條命，大家家敗人亡。**」的性格展露無遺。通過場面上人物間的對話、爭辯，把她數年來與〝老畜生〞、〝小畜生〞抗爭的經歷「**已經鬧了整三年，打過多少回架，說過多少回和，總是不落局。**」補述出來，這種以高度集中之結構設計，以及簡練而又緊湊的筆法，皆深刻了愛姑潑辣反抗性格的特徵。然最後卻被七大人一聲

「來……兮」所怔住，鴉雀無聲的聽從七大人裁斷，愛姑不顧一切也要拼出一條命的抗爭，就因這聲來……兮而告失敗，從而暴露出〝舊社會恐怖形象〞的主題。

　　d.框架式形態：該形態之小說結構，基本上是以〝主題〞為核心，整篇作品由一個或若干個片斷故事所組成，每個片斷皆有其較完整的結構和意義，且具有相對獨立性，可直接刻劃人物性格或體現出主題。片斷與片斷間的轉換，均建立在同一性之內涵上，可將其組織成有機整體，從而歸納出更深刻的主題意旨，除有本體意義外，又有整體價值，在表現主題或組成整體上，實有不可或缺的作用，具有濃厚之歸納法色彩。魯迅之〈孔乙己〉、〈藥〉等篇小說，即是屬這類作品。也可以大(外)框、中框、小(內)框等方式的多層框架，也就是說有明確的大故事框架，然後在大框架內又包含著許多小故事的一種小說框架。如阿拉伯民間故事集之《一千零一夜》(كتاب ألف ليلة وليلة)與義大利‧喬萬尼‧薄伽丘（Giovanni Boccaccio，1313~1375）之《十日談》（Decameron）等部小說，即是屬這類作品。

　　〈孔乙己〉是由魯鎮酒店的格局、對主角〝孔乙己〞的介紹，以及孔乙己的死亡等三部分所組成，每一部分皆有完整且可獨立的情節。在第一片斷中，作者不僅寫酒店的櫃臺如何設置、有何種用處，還寫酒菜和〝穿長衫〞與〝短衣幫〞這兩個階級人的不同吃法，各自各得其樂。作者從這兩種不同的吃法中，來暗示短衣幫地位之低微，然他們卻〝熱熱的喝〞，無憂無慮的〝休息〞，由此展現勞動人民知足長樂之性格，卻也揭示出悲涼的社會。第二片斷，從〝我〞的所見、所聞、所感全面去介紹孔乙己，通過他名字的由來、偷書的辯白、他的懶惰、茴字的寫法與孩子吃茴香豆等方面之描

述，以顯示他的文化修養、性格及其境遇。孔乙己雖這麼令人快活，可是沒有他，別人也是這麼過，由此道盡他的悲哀，社會的冷酷。第三片斷，描寫孔乙己因偷舉人家的東西，而被打斷腿，爬著來酒店用現錢喝一碗酒後，就再也沒來過，由此凸顯他至死不悟的性格特徵。在這三個片斷中，都各自有其完整的情節，不僅內容上各有其獨立性，在時間順序上亦是如此。透過〝孔乙己本身〞之同一性內涵作為紐帶，把這三部分聯結一起，以構成一個有機整體，從而體現出其〝科舉弊害〞的主題。本篇主題之展示，是以間接體現方式，而非直接暴露。在舊社會裏，科舉制度是文人唯一正途，金榜不題名，除有錢人外，大都註定要落魄一生，因他們唸過書，瞧不起其他行業，自已不願意也不會做，自然就成科舉制度下的犧牲者。孔乙己始終不願脫去那又髒又破，卻象徵文人的長衫，亦不屑置辯的看看問他認不認識字的人，由此即可見出當時社會情形。

〈藥〉由第一個片斷寫華老栓買血饅頭給兒子治病，表現了老栓夫婦的迷信愚昧。第二個片斷寫小栓服藥，亦是進一步表現老栓夫婦的愚昧。第三個片斷茶館議藥，是寫周圍人物的愚昧麻木。第四個片斷寫華、夏兩家母親上墳，說明藥之無效，並著重於夏母的愚昧麻木。由此透過〝愚昧〞之同一性內涵來作為聯結四個片斷的紐帶，從而深刻地表現出主題，揭示國人迷信、愚昧、麻木的嚴重程度，挖出其病根。

《一千零一夜》是阿拉伯的民間故事集，以包孕連環的方式開始。相傳波斯帝國國王山魯亞爾娶妻後，發現自己的妻子不貞，而哥哥的妻子極其淫亂，便將其殺死，由此哀傷和憤恨導致他認為所有的女人都是如此。此後，山魯亞爾每日娶一少女，翌日晨即殺掉，以示報復，最終負責此事的維

齊爾再也找不到合適的少女了。維齊爾的女兒山魯佐德為拯救無辜的女子，自願嫁給國王，並用講述故事方法吸引國王，每夜講到最精彩處，天剛好亮了，使國王因愛聽故事而不忍殺她，允許她下一夜繼續講。她的故事一直講了一千零一夜，國王終於被感動，與她白首偕老。

《十日談》是一本寫實主義的短篇小說集，緣於1348年繁華的佛羅倫薩發生一場殘酷的黑死病瘟疫，喪鐘亂鳴，死了十多萬人，在整個歐洲，因此病而死的人多達七千五百萬到兩億。隔年作者以這次瘟疫為背景，創作了該書。內容是講述七位女性和三位男性到佛羅倫斯郊外山上的別墅躲避瘟疫，這十位男女就在賞心悅目的園林裏住下來，除了唱歌跳舞外，大家決定每人每天講一個故事來渡過酷熱無聊的日子，最後講一百個故事，構成了《十日談》。

該兩部小說在外框上，即故事引子，介紹故事成集的緣由。《一千零一夜》講的是，宰相之女為拯救天下女性每晚給國王講一個故事的事情；而《十日談》講的是，為躲避瘟疫在鄉下莊園的十個貴族男女之間，互相講故事解悶的事情。總的來說，外框大故事主要起到三個作用，一是引子，引出後面所有的小故事；二是容納，像是一個口袋，裝進後面所有的小故事；三是基調，好的外框故事能給整部小說奠定一個較高的思想基礎，用同一個主題將不同的小故事源源不斷地整合進來。

該兩部小說在中框上，即故事的數量，並不是隨意的，是有其內在的文化意涵。《一千零一夜》顧名思義是在一千零一個夜裡，所講的1001個故事；《十日談》顧名思義是十天講的故事。

該兩部小說在內框上，即每個具體的獨立小故事，可選材廣泛，自由開放，也可以獨立成篇。《一千零一夜》每一夜所包含的傳奇故事；《十日談》每日談話所包含的社會奇聞。總的來說，具體的獨立小故事才是框架式結構小說的精華所在，具有豐富的細節描寫和離奇的人物形象塑造。

B.長短分類：

小說之長短分類，大致可分為：長篇小說、中篇小說、短篇小說，以及小小說等類。其中，小小說又稱極短篇小說或袖珍小說或迷你小說，大陸稱微型小說，日本稱掌中小說等，是英文「Flash Fiction」的直譯。

長篇小說(十萬字以上)：如日·村上春樹之《刺殺騎士團長》、林語堂之《京華煙雲》等即是。。

中篇小說(三萬至十萬字之間)：如張承志《黑駿馬》、日·川端康成之《伊豆的舞女》等即是。

短篇小說(一千至三萬字之間)：如魯迅之《吶喊》《彷徨》《故事新編》、一朵糖之《縱享》等即是。

小小說小說(一千字以下)：如澳大利·亨利·勞森(Henry Lawson，1867~1922)之《他母親的夥伴》（His Mother's Mate）、楊初昇之《又一次》等即是。

C.體裁分類：

小說之體裁分類，大致可分為：古典與現代。

古典體：有筆記體如東晉·裴啟的《語林》、宋·劉義慶的《世說》等；傳奇體如唐·柳埕的《上清傳》、唐·杜

光庭的《虯髯客傳》等；話本體如作者不詳的《大唐三藏取經詩話》與《三國志平話》等，章回體如明·羅貫中的《三國演義》、清·曹雪芹的《紅樓夢》等。

現代體：如許地山的《玉官》、張愛玲的《金鎖記》等，用現代語言所寫成的小說。

D.性質分類：

小說之性質分類，大致可分為：歷史、社會、愛情、俠義、神怪、寓言、童話、諷刺、偵探、遊記、冒險、鄉土、戰爭、科幻，以及通俗類等項。

其中，歷史類小說是遵照歷史事件和人物進行鋪展描述的書寫體，可適當虛構，故事主線順應歷史發展方向，一定程度反映了歷史時期的社會面貌，能給予讀者一定的教育和啟迪。如清·褚人穫之《隋唐演義》、元·施耐庵之《水滸傳》；魯迅之《故事新編》、李劼人之《死水微瀾》、《暴風雨前》和《大波》三部曲等即是。

社會類小說是以客觀現實生活為深厚根基，著力反映社會存在的問題，並通過藝術形象提出作者的見解。如法·雨果之《悲慘世界》、茅盾之《子夜》等，就是社會小說的典型代表。

愛情類小說又稱言情小說，是以愛情故事為主體的小說，情節著重在尋找一個理想的對象或維繫愛情關係。如元·王實甫的《西廂記》、清·曹雪芹的《紅樓夢》；瓊瑤的《庭院深深》，以及美·瑪格麗特·米切爾（Margaret Mitchell，1900~1949）的《飄》（Gone with the Wind）等即是。

　　俠義類小說是以俠客、義士的故事為題材，多以描寫主
人翁路見不平拔刀相助、為國為民的作品。如清‧石玉崑之
《三俠五義》、清‧佚名之《施公案》，以至後來發展為武
俠小說的金庸《射鵰英雄傳》、古龍《楚留香傳奇》、溫瑞
安《四大名捕》等作品。

　　神怪類小說魯迅稱為神魔小說，是以神佛、妖魔、鬼怪
等故事為主題的作品。如明‧吳承恩之《西遊記》、明‧許
仲琳《封神演義》，以至現代蕭鼎所寫的《誅仙》、南派三
叔的《盜墓筆記》等即是。

　　寓言類小說一般帶有哲理，是以含有道德教育或警世智
慧的短篇作品，通常以簡潔有趣的故事呈現，常隱含作者對
人生的觀察和體驗，且無字數限制。如戰國‧莊周之《莊子》、
古印度‧毗濕奴沙瑪之《五卷書》、古希臘‧伊索之《伊索
寓言》等即是。

　　童話類小說是兒童文學的作品，文字通俗像兒童說話一
樣，有很多超自然人物，會說話的動物、精靈、仙子、巨人、
巫婆等，其結局大都是快樂的喜劇性，就像大多童話故事中
公主和王子一般。如清‧黃之雋的〈虎媼傳〉、法‧珍妮瑪
麗‧勒普蘭斯‧德博蒙(Jeanne-Marie LePrince de
Beaumont，1711~1776)的《美女與野獸》（La Belle et la
Bête）、丹麥‧漢斯‧克里斯汀‧安徒生（Hans Christian
Andersen，1805~1875）的《安徒生童話》(Andersen's Fairy
Tales)等即是。

　　諷刺類小說一般帶有譴責之意，是以現實生活中之形形
色色醜的事物作為描寫對象，以嘲諷、批判、揭露、抨擊的
態度描述社會中滑稽可笑、消極落後乃至腐朽病態的現象、

事物或思想。如清・吳敬梓之《儒林外史》、俄・尼古萊・瓦西里耶維奇・果戈里・亞諾夫斯基（Никола́й Васи́льевич Го́голь-Яновски й，1809~1852）的《死魂靈》（Мёртвые души），以及魯迅之〈孔乙己〉、〈阿Q正傳〉等篇小說。

　　偵探類小說又稱偵探推理小說，在歐美一般稱〝神秘故事〞(Mystery Story)或〝偵探故事〞(Detective Story)，日本則稱稱〝推理小說〞。該小說是以案件發生和推理偵破過程為主要描寫對象，以破案為故事線索而展開故事發展，從而引起讀者興趣。如明・安遇時的《包公案》與清・佚名的《狄公案》、日本・島田莊司的《占星術殺人事件》，以及周浩暉的《死亡通知單》、林佛兒的《美人捲珠簾》等皆是。

　　遊記類小說介於遊記散文與小說形式之間，比一般以旅途見聞為敘寫順序的遊記，有更強的情節和鮮明的人物性格，具有小說的特點。但與一般小說相比，又有較強的遊記性質，特別擅長描寫異地自然風光和地方特點的異域風俗人情，能把讀者帶入一個嶄新的藝術境界。如明・徐霞客之《徐霞客遊記》、清・劉鶚之《老殘遊記》、三毛之《萬水千山走遍》，以及日・村上春樹之《遠方的鼓聲》與荷蘭・塞斯・諾特博姆之《流浪者旅店》等皆是。

　　冒險類小說通常帶有懸疑、神秘、驚悚、動魄、恐怖等成分，是以各種不尋常的冒險事件為描寫的中心線索，主人翁往往有不平凡的經歷、遭遇和挫折，情節緊張、衝突尖銳、場面驚險、內容離奇。如英・丹尼爾・笛福（Daniel Defoe，1660~1731）的《魯賓遜漂流記》（Robinson Crusoe）、法・朱爾・加布里耶・凡爾納（Jules Gabriel Verne，1828~1905）

的《神秘島》（L'Île mystérieuse），以及韓學龍的《天坑》、天下霸唱的《鬼吹燈》等皆是。

　　鄉土類小說是以回憶重組來描寫故鄉農村的生活，帶有濃厚鄉土氣息和地方色彩的小說。如魯迅之〈風波〉及〈故鄉〉、沈從文的《邊城》、魁鳴的《那些溫暖的鄉野物事》，以及黃春明之《溺死一隻老貓》與《看海的日子》及《兒子的大玩偶》等皆是。

　　戰爭類小說是以戰爭為題材的作品，揭示人的真面目，暴露社會各種矛盾是戰爭類小說的普遍性，帶有鮮明的民族色彩。如元‧羅貫中之《三國演義》、574981 之《抗日之鐵血戰將》、紛舞妖姬之《詭刺》與《第五部隊》，以及俄‧列夫‧尼古拉耶維奇‧托爾斯泰（Лев Николаевич Толстой，1828~1910）之《戰爭與和平》（Война и мир）、德‧埃里希‧瑪利亞‧雷馬克（Erich Maria Remarque，1898~1970）之《西線無戰事》（Im Westen nichts Neues）、芬蘭‧韋伊諾‧林納（Väinö Linna，1920 年~1992）之《無名戰士》（Tuntematon sotilas）等皆是。

　　科幻類小說，是以科學幻想為題材的作品，所涉及的範疇總是與人類的好奇心、求知慾等緊密相連。如英‧瑪麗‧吳爾史東克拉芙特‧雪萊（Mary Wollstonecraft Shelley，1797~1851）的《科學怪人》（Frankenstein; or, The Modern Prometheus）、荒江釣叟的《月球殖民地小說》、老舍的《貓城記》、張系國的《超人列傳》、黃海的《銀河迷航記科幻小說集》、倪匡的《衛斯理科幻小說系列》、黃易的《星際浪子》與《超級戰士》，以及還珠樓主的《蜀山劍俠傳》等皆是此

類作品。

　　通俗類小說是一個大題材類型，是滿足社會上最廣泛的讀者群需要，適應大眾的興趣愛好、閱讀能力和接受心理而創作的一類小說。通常以娛樂價值和消遣性為創作目的，重視情節編排的曲折離奇和引人入勝，人物形象的傳奇性和超凡脫俗，而較少著力於深層社會思想意義和審美價值的挖掘。從這個定義上來說，它的內容可以無所不括，大凡社會、愛情、武俠、科幻、鄉野傳奇等皆可，只要符合雅俗共賞的大眾文學，即可歸在通俗這一類。難怪小說家羅盤對〝通俗〞的歸類說：「凡無特定範圍、特定型式、特定內容的小說，都可以歸屬這一類。」[19]其中，又以愛情及武俠最熱門。如宋・佚名之《京本通俗小說》、明・馮夢龍之《喻世明言》《警世通言》《醒世恆言》，以及徐枕亞的《玉梨魂》、張恨水之《金粉世家》、李涵秋的《廣陵潮》、劉雲若的《紅杏出牆記》、平江不肖生之《江湖奇俠裝》、文公直之《碧血丹心大俠傳》等皆是。

　　以上，小說之性質分類，雖大致如此，然有諸多小說同時擁有多種性質，如清・劉鶚之《老殘遊記》敘述江湖醫生〝老殘〞，在遊歷各地時的所見所聞所為，故為遊記性質的小說，然其旨在譴責諷刺清代官員的殘忍與剛愎，所以也是諷刺性質的小說；魯迅之〈孔乙己〉旨在諷刺沒落文人在舊社會的悲哀，而〈白光〉諷刺科舉制度吃人，自然是諷刺性質的小說，但它們皆以鄉村生活為背景，尤其是魯迅故鄉〝紹興〞，帶有濃厚的鄉土風味，故亦可歸為鄉土類小說。

19　羅盤：《小說創作論》，（臺北：東大圖書公司，民七十九年三月），P.24。

E、文體分類：

小說之文體分類，大致可分為：順序體、倒敘體、書信體、日記體，以及雜記體等類。

順序體：如魯迅之〈阿Q正傳〉、〈離婚〉等以故事發生的時序，依次介紹，屬順序體類小說。

倒敘體：如魯迅之〈孔乙己〉、〈傷逝〉等則以現在倒寫過去的方式寫成，屬倒敘體類小說。

書信體：如德・約翰・沃夫岡・馮・歌德（Johann Wolfgang von Goethe，1749~1832）之《少年維特的煩惱》（Die Leiden des jungen Werthers），通過書信體的形式書寫，讓讀者仿佛走進了主人翁的內心，傾聽他的言談笑語和啼泣悲嘆，甚至能夠窺見他那顆跳動著的、敏感的、柔軟的心，屬書信體類小說。

日記體：如俄・果戈里之《狂人日記》、魯迅之〈狂人日記〉、嚴停雲之《鏡湖月》等皆以日記方式寫成，屬日記體類小說。

雜記體：如魯迅之〈一件小事〉、〈兔和貓〉、〈鴨的喜劇〉，以及〈社戲〉等，是以隨筆雜文方式寫成，自然屬雜記體類小說。

F.敘述分類：

小說之敘述分類，大致可分為：第一人稱敘述、第二人稱敘述[20]、第三人稱敘述、人稱迴轉敘述，以及對話方式敘

---

[20] 小說的敘述亦有以第二人稱的〝你〞來寫作，但在中國興起，乃在

述等類。其中，人稱迴轉即是一篇小說中，運用多種人稱敘述即是。

第一人稱：如魯迅之〈狂人日記〉、〈一件小事〉、〈頭髮的故事〉、〈故鄉〉、〈兔和貓〉、〈鴨的喜劇〉、〈社戲〉，以及〈傷逝〉等小說即是。

第二人稱：如英‧亞瑟‧伊格內修斯‧柯南‧道爾爵士（Sir Arthur Ignatius Conan Doyle，1859~1930）的《福爾摩斯系列》(Sherlock Holmes Series)、日‧葉真中顯之《絕叫》，以及劉心武之《樓梯拐彎》等小說即是。

第三人稱：如魯迅之〈藥〉、〈明天〉、〈風波〉、〈阿Q正傳〉、〈端午節〉、〈白光〉、〈幸福的家庭〉、〈肥皂〉、〈長明燈〉、〈示眾〉、〈高老夫子〉、〈弟兄〉、〈離婚〉、〈補天〉、〈奔月〉、〈理水〉、〈采薇〉、〈鑄

---

70 年代的事，不過成熟作品並不多，且國內、國外都曾引起爭議，其與第一人稱的〝我〞，或第三人稱的〝他〞，三者之間的分界線尚無明確標準。基本上，一般以它強烈的感情傾向為依據，然亦有爭論，有的甚至要求如劉心武之《樓梯拐彎》才算是以第二人稱的作品。茲摘錄其中一段，欣賞之：「你十七歲了。高中最後的課程已經結束，你和許許多多的同齡人一樣，正在準備參加高考。春風撩撥著你的心懷，每當你從鏡中看見唇上那漸濃的茸毛，心中就湧動著一種難以譬喻的神秘的情緒。你的愛好和追求本是多方面的。為了一部令你好奇的影片，你可以騎一個小時的自行車，任風沙撲打你冒汗的身體，在幾乎是絕望的形勢下固執地舉著三毛錢，在影院門口等一張退票；你也可以在足球場上一再模仿球王比利的姿態，直到球鞋〝嗤啦〞一聲又裂開口子，才為即將身受的媽媽那劈頭蓋腦的申斥而收斂興趣……但是這些天你忘記了對鏡檢查唇上的茸毛，也顧不得翻看報紙上的電影廣告，更疏遠了足球；你心甘情願地接受爸爸嚴格到挑剔程度的考察，以及媽媽那翻來覆去的往往是冤枉人的嘮叨。他們都是為了你好。事情很清楚，如果你考不上大學，那你就要加入〝待分配青年〞的行列，當微風再拂過你的身軀時，你就不會有現在這般輕鬆怡悅的感覺」

劍〉、〈出關〉，以及〈非攻〉等小說即是。

人稱迴轉：如高行健之《靈山》，以及魯迅之〈孔乙己〉、〈祝福〉、〈在酒樓上〉、〈孤獨者〉等小說即是。

對話方式：如魯迅之〈起死〉、嚴停雲之《神仙眷屬》與《不是冤家》及《出牆紅杏》等小說即是。

G.語言分類：

小說之語言分類，大致可分為：文言文、新民體，以及白話等類。其中，新民體是梁啓超所創立的一種散文風格，發生於戊戌政變前後，是梁啓超在日本辦《新民叢報》，評論時政時所用，其文介於文言與白話之間，平易暢達富於感情，當時學者競相仿傚，號為〝新民體〞，是文言文變革為白話文的一種過渡性質文體，對五四白話文運動影響甚巨。

文言文：如唐·杜光庭之《虯髯客傳》、元·施耐庵之《水滸傳》與羅貫中之《三國演義》、明·蘭陵笑笑生之《金瓶梅》及明·吳承恩之《西遊記》等古典小說皆是。

新民體：如梁啓超之《新中國未來記》等即是。

白話：如許地山之〈春桃〉、巴金之《家》、賴和之〈一桿稱仔〉、瓊瑤之《海鷗飛處》、廖輝英之《油麻菜籽》等現代小說皆是。

2、就小說內容區分：

所謂〝內容〞（Content），乃指事物內部所包含的實質或意義，它是內在的。在文學作品上指作品內在的體式，相對

於形式而言。小說內容的區分，大致包含有：主題分類、題材分類、內容結構分類，以及故事性質分類等。茲依此等項目分析如下：

A.小說的主題分類：

小說之主題分類，大致可分為：窮究真理哲學類、啟發智慧良知類、反映社會人生類，以及宣揚國家正義類等項，然此並無一定的規範，僅是概括性分類而已。

窮究真理哲學類：如魯迅之〈兔和貓〉，雖以揭開弱肉強食的殘忍為主題，但文中之「那兩條小生命，竟是人不知鬼不覺的早在不知什麼時後喪失了，生物史上不著一些痕跡。」等描述，具有哲理，故可歸在窮究真理哲學類。

啟發智慧良知類：如魯迅之〈一件小事〉，是描寫一個車夫，絆倒一個老女人的一件小事，來啟發自己良知，並讚揚基層人民的樸實為主題，是屬啟發智慧良知類小說。

反映社會人生類：如魯迅之〈阿Q正傳〉和〈示眾〉以暴露國人的國民性為主題，〈離婚〉以暴露舊社會的恐怖形象為主題，此等小說皆屬反映社會人生類小說。

宣揚國家正義類：如明‧佚名之《包公案》，該書說的是宋代包拯審案斷獄的故事；清‧佚名之《狄公案》，說的是狄仁傑任昌平縣令時平斷冤獄和他任宰相時整肅朝綱的故事；清‧佚名之《施公案》，講的是康熙年間清官施仕倫在黃天霸等江湖俠士輔佐下剗除貪官污吏、破案捕盜的故事。此等小說的內容，大都是明斷謀財害命、仗勢凌人及奸盜詐欺等事，皆以宣揚國家正義為主題。

B.小說的題材分類：

　　小說之題材分類，大致可分為：以歷史背景為題材、以現實社會為題材、以國家民族為題材、以家庭親情為題材、以愛情婚姻為題材、以倫理禮教為題材，以及以日常瑣事為題材等類，然此亦無一定的規範。

　　歷史背景：如魯迅之〈補天〉取材於宋‧李昉等監修的《太平御覽‧女媧氏》卷七八引漢代應劭《風俗通》中之女媧〝摶黃土作人〞[21]和漢‧淮安的《淮南子‧覽冥訓》卷六中之〝鍊五色石以補蒼天〞的神話故事改編而成。〈奔月〉亦取材於《淮南子‧覽冥訓》中之〝羿請不死之藥於西王母，姮（嫦）娥竊以奔月〞和《淮南子‧本經訓》卷八中之〝上射十日而下殺猰貐，斷脩蛇於洞庭，禽封豨於桑林。〞的英雄傳說故事。〈理水〉取材於漢‧司馬遷《史記‧夏本紀》卷二中有關大禹治水的事蹟改編而成。〈采薇〉亦取材於《史記‧伯夷列傳》卷六一中有關伯夷、叔齊因不食周粟，而餓死首陽山的事蹟改編而成。〈鑄劍〉取材於東晉‧干寶的《搜神記》卷十一中有關於眉間廣尺為報父仇的傳說故事改編而成。[22]〈出關〉亦取材於《史記‧老子韓非列傳》卷六三中有關老子的事蹟改編而成。〈非攻〉取材於《墨子‧公輸》

---

[21] 女媧是中國古代神話中的人類始祖。她用黃土造人，是中國關於人類起源的一種神話。《太平御覽》卷七八引漢代應劭《風俗通》說：〝俗說：天地開闢，未有人民；女媧摶黃土作人，劇務力不暇供，乃引繩於泥中，舉以為人。故富貴者黃土人也；貧賤凡庸者絚人也。〞（按《風俗通》全名《風俗通義》，今傳本無此條。）見魯迅：《故事新編》《魯迅全集》第二卷，（北京：人民文學出版社編出，1993年），P.354，註釋條2。

[22] 魯迅說：〈鑄劍〉是取材於東漢‧趙曄的《吳越春秋‧（闔閭內傳）》第四，或東漢‧袁康的《越絕書‧（越絕外傳記吳地傳）》卷二。見魯迅：《書信‧致增田涉》載於同前註書第十三卷，P.659。

卷十三改編而成。〈起死〉取材於《莊子·至樂》中的一個寓言改編而成。可見這八篇作品，是以歷史背景類做為題材的小說。

現實社會：如魯迅之〈長明燈〉取材於舊社會鄉村的迷信，對於覺醒青年的迫害，最後將主角〝他〞以發瘋關起來。〈示眾〉取材於一個犯法的男人，被巡警押在馬路上示眾，周圍馬上擠滿看熱鬧的人群，以反映舊社會人民麻木不仁的心態。〈高老夫子〉取材於一個不學無術的教員，自己教不好卻怪學生不好的經過，以反映當時教育的腐化等篇小說，是以現實社會類做為題材的小說。

國家民族：如鍾肇政的《臺灣人三部曲》，取材於龍潭望族陸家分別在臺灣日據時期初、中、晚期背景之下所發生的故事，與國民黨執政的50、60年代為背景，以臺灣民族為題材的小說。孔立文的《秋水長天》，取材於八年抗戰、國共內戰、文化大革命，以及臺灣的戡亂戒嚴為題材小說，內容敘述了兩兄弟在抗日戰爭中離散，加入國共不同陣營，曾經共赴國難，後又國共內戰的生死對決。隨後，戰爭又以另外一種方式延續，大陸的鎮反運動，臺灣的白色恐怖，都在以不同的樣式，上演著相同的悲劇，通過一對同胞兄弟的命運起伏，勾勒出一段劫波渡盡悲歡離合的艱辛歲月。

家庭親情：如魯迅之〈藥〉取材於一對夫婦，為救治兒子癆病的經過，最後反因迷信而害死其兒子。〈明天〉取材於鄉村家庭一對孤母寡子的淒慘遭遇。〈弟兄〉取材於兄弟親情，以反映人性現實的一面，是以家庭親情類做為題材的小說。

愛情婚姻：如魯迅之〈傷逝〉取材於一對情侶，不顧舊

社會勢力的反對，一同私奔，最後以悲劇收場。〈離婚〉取材於農村社會的悲劇婚姻，以反映舊社會對婦女的迫害等篇小說，是以愛情婚姻類做為題材的小說。

　　倫理禮教：如魯迅之〈狂人日記〉取材於舊社會的家庭制度與禮教，迫害其主角〝狂人〞發狂，並以日記方式，揭發中國四千年來禮教吃人的罪惡，最後喊出救救孩子。〈祝福〉取材於舊社會的家庭倫理與迷信，殘害主角〝祥林嫂〞悲慘的一生，最後孤苦死去等篇小說，是以倫理禮教類做為題材的小說。

　　日常瑣事：如〈一件小事〉取材於日常生活中的一件小事，促其自我反省。〈兔和貓〉與〈鴨的喜劇〉取材於日常生活中的小動物。〈社戲〉取材於作者回憶童年，在其故鄉看社戲的情形等篇小說，是以日常瑣事類做為題材的小說。

C.小說的內容結構分類：

　　小說之結構形式分類，大致可分為：單式結構與複式結構兩種，然此兩種形式並無嚴格的分界線。基本上，單式結構僅有一、二個簡單人物，在一個故事上，發生種種關係或引起曲折鬥爭，而後達到高潮，最後求得解決，此種情節發展是直線式的。而複式結構則有眾多人物，在一系列的故事中，發生種種關係或曲折鬥爭之突兀情節，由此產生甚多高潮，最後獲得解決，此種情節發展是迂迴式的。原則上，複式結構較適合長篇小說，因其故事、人物、情節等非常複雜。而單式結構則適合短篇小說，因其人物、故事、情節等較單純，易於掌握。

　　單式結構：如法·阿爾貝·卡繆（Albert Camus，

1913~1960）的《反抗者》(L'Homme révolté)，即是標準之單式結構小說。魯迅的《吶喊》、《彷徨》、《故事新編》，以及〈懷舊〉等三十四篇作品，亦大抵屬於這類單式結構。

　　複式結構：如清・曹雪芹的《紅樓夢》、俄・托爾斯泰（Tolstoy, Lev Nikolaevich 1828~1910）的《戰爭與和平》（Война́ и мирЪ），即是標準之複式結構小說。

D.小說的故事性質分類：

　　小說之故事性質分類，大致可分為：悲劇性、喜劇性，以及悲喜劇性等類。

　　悲劇性：如魯迅的〈狂人日記〉、〈長明燈〉、〈藥〉、〈孔乙己〉、〈白光〉等篇小說即是。〈狂人日記〉之主角〝狂人〞、〈長明燈〉之主角〝青年〞，與〈藥〉中之〝夏瑜〞，是舊社會的覺醒者，然前兩者卻被人以〝發瘋〞關起來，後者則被人砍頭。〈孔乙己〉之主角〝孔乙己〞與〈白光〉之主角〝陳士成〞，是舊社會科舉制度的陪葬者，最後落得窮困潦倒而死。

　　喜劇性：如魯迅的〈鴨的喜劇〉、〈社戲〉、〈肥皂〉等篇小說即是。〈鴨的喜劇〉雖主要為懷念俄國盲詩人愛羅先珂，卻也在呼喚大家一起來沖破文壇的寂寞，整個故事輕鬆愉快，尤其是結尾以〝鴨鴨〞的喜劇收場。〈社戲〉主要描寫作者，童年看社戲的經過，由此留下美好的回憶。〈肥皂〉雖因主角〝四銘〞送太太一塊肥皂，而引起一場家庭風波，然其故事卻讓人讀之哈哈大笑，其又有圓滿的結局。

　　悲喜劇性：如魯迅的〈風波〉、〈高老夫子〉、〈弟兄〉等篇小說即是。〈風波〉開頭即因〝皇帝坐了龍庭要辮子〞，

把主角〝七斤〞一家人嚇得要死，〝彷彿受了死刑宣告似的〞
（七斤沒有辮子），結尾時又以〝皇帝不坐龍庭了〞，而鬆
了一口氣，照舊過著原先生活，村人又給於七斤相當的尊
敬。〈高老夫子〉主要在描寫主角〝高爾礎〞的教學經過，
其結局雖辭去教職，然他卻得意於打麻將的牌桌上。〈弟兄〉
開頭，主角〝張沛君〞即非常擔心弟弟〝張靖甫〞得了猩紅
熱（可致命的一種流行病），結果以虛驚得了〝疹子〞收場，
兩人依舊是〝兄弟怡怡〞。

二、小說之要素：

　　構成〝小說之要素〞，筆者認為大抵有如下表：

項目	內　　　　容		
標題選擇	一、直接反映內容。二、間接反映內容。		
故事情節	一、故事情節的結構。二、故事情節的敘事。三、故事情節的描寫。 四、故事情節的內容。		
時間與空間　時間	一、外部時間。二、內部時間。		
時間與空間　空間	一、地域空間。二、社會空間。三、景物空間。		
人物形像	一、人物姓名制定。		
	二、肖像描寫。	整體式、局部性、烘雲托月式、遺傳法	
	三、行動描寫。	動作描繪、情緒描繪、反常描繪。	
	四、語言描寫。	對白描繪、獨自描繪、旁白描繪。	
	五、心理描寫。	意識狀態描繪、潛意識狀態描繪。	
語言文字	一、語言文字技巧。 二、形象用語。 三、民俗方言。 四、修辭技巧。	人物命名、景物觀念、方言俗話	
		象徵性語言文字、倒反語言文字	
		詞匯語言文字。	飛白、油滑。
主題思想	人道主義思想、改造國民性思想、人性進化思想、社會改革思想，以及愛國主義思想等		
藝術風格	典雅、遠奧、精約、顯附、繁縟、壯麗、新奇、輕靡、憂憤、沉郁、冷雋、尖刻、幽默、精煉等		
備　註	一、不足之處可依需要而補刪或交叉運用。		

　　小說創作(Novel writing)，乃作者根據自己對生活的認識，按照塑造形象和表現主題的要求，運用各種藝術表現的手法，把一系列生活材料、人物、事件分輕重主次合理而勻稱的加以組織和安排的過程。它講究的是撰寫技巧。所謂〝撰寫技巧（Writing skills）〞，意指〝寫作的巧妙技術〞，作者自在稿上寫下第一個字起，無不講究技巧，而整個小說的寫作課題，亦皆在技巧之內，可見〝技巧〞二字所涵蓋的廣泛性。

　　以下依構成小說之要素，大致包含：標題選擇、故事情節、時間與空間、人物形像、語言文字、主題思想，以及藝術風格等，說明如後。

第二章 小說標題之選擇

　　所謂〝標題（Title）〞，乃指以概括性的短句來標明作品的內容。每個人一出生，父母便為他命一個名字，這個名字便一生追隨他。小說也一樣需要一個名字，這個名字在作品上謂之〝標題〞。該標題對於作品而言，有如人之眼睛一樣，它引導著讀者進入作品內，一觀其堂奧，進而領悟作品的主題思想，分析其藝術上的造詣，甚或能否引起共鳴。

　　標題雖不等於主題，因主題是作品的中心思想，標題是作者用以表達作品的概括性，然它與主題卻有密切關係。一般標題，原則上係直接揭示，或形象地暗示其作品的主旨，或標明主題所涉及的範圍內容，它可引起讀者對主題進行摸索。茲列舉標題對於內容之〝直接的反映〞與〝間接的反映〞，以及〝特色的運用〞來做說明：

第一節　直接的反映

　　唐・元稹《鶯鶯傳》小說，即是以作品主角的〝名字〞做為標題的直接反映。該篇小說以張生對崔鶯鶯一見鍾情，鶯鶯礙於禮教，拒絕了張生的求愛，而侍女紅娘在其身邊勸解，兩人成功相戀後，如膠似漆，後來張生赴京趕考，張生說自己不能壓住她的妖媚，怕像周幽王一般引致禍端，便與其斷絕聯繫，鶯鶯只能自怨自艾。各自婚配後，張生回京，對崔鶯鶯情愫又起，以兄長的身份讓崔鶯鶯丈夫催她相見，而鶯鶯卻久喚不出。幾天過去，張生要走了，崔鶯鶯作詩送別曰：「棄置今何道，當時且自親；還將舊時意，憐取眼前人。」

　　明・羅貫中之《三國演義》，係根據史書《三國志》所

改編之小說，描寫東漢末年到西晉初年近百年間的歷史，反映了三國時代的政治、軍事競爭，以及各類社會矛盾的滲透與轉化，是中國第一部長篇歷史的章回小說。該部小說的標題，即是直接反映內容。

　　魯迅之〈孔乙己〉小說，即是以作品主角的〝名字〞，做為標題的直接反映。該篇小說以魯鎮為背景，描寫主角〝孔乙己〞，如何受科舉制度的殘害，敘述他那可笑又可悲的一生。

　　許地山之〈春桃〉小說，即是以作品主角的〝名字〞做為標題的直接反映。該篇小說描寫主人翁〝春桃〝在一次戰亂後的遭遇。在與結婚才一天的丈夫失散四五年之後，她與另一個相依為命的落難者建立起真正的感情，但就在此時她的前夫出現了，而且失去雙腿，淪為乞丐。他們在這難解的矛盾面前，幾經波折終於建立起新的關係，促使他們結合在一起的是，在共同悲慘命運面前的相互體諒和依存。

　　而以作品中所發生的〝事件〞，或以故事中的〝線索〞來做為標題的直接反映，如魯迅之〈肥皂〉等小說即是。

　　〈肥皂〉這篇小說之標題，也有深邃含義，它的內容主要是通過主角〝四銘〞購買肥皂一事，來揭開舊社會偽道學者的假面具，入木三分地刻劃出他們在道貌岸然之外表上，所隱藏的醜惡嘴臉。作品以日用品的〝肥皂〞為題，除反映該篇小說之內容外，也意含著魯迅的寄托，希望能有一塊強力肥皂，像清潔臉上髒穢一樣，來洗淨人們心理的齷齪，滌蕩人們精神中的污垢，此即作者最終之目的。

第二節　間接的反映

　　魯迅之〈傷逝〉這篇小說的標題，寓意非常深刻，它本身就是一個多義字的詞組，在現代漢語中，〝傷〞痛也，有傷感、傷懷、悲傷、受傷等的含意。〝逝〞往也，亦有逝世、消逝、飛逝等的含意，可指過去的時光、往事，也可指死去的故人。將這兩個單字組成複合詞〝傷逝〞，既可理解為主角〝史涓生〞傷悼死去的女主角〝子君〞，亦可看做史涓生傷感過去的時光，也可解釋為史涓生傷懷消逝的時光與逝世的子君。可見，〈傷逝〉這一標題，具有高度的概括性。而該篇作品的內容，係通過史涓生與子君之戀愛歷程，說明〝愛情與麵包〞之間的矛盾衝突，尤其是在舊社會裏，想經由個人努力去爭取自由婚姻和幸福生活，以當時的社會條件，是難以成功的。故作者寄託青年，勇敢從舊社會徹底解放出來，投身改革行列，探索新道路。誠如作者在這篇作品的結尾部分說：

　　　　新的生路還很多，我必須跨進去，因為我還活著。

　　　　我活著，我總得向著新的生路跨出去。

　　而那第一步就是「寫下我的悔恨和悲哀，為子君，為自己。」因此，傷逝之另一含意，就是向著新道路勇敢跨出第一步，可見這一標題的寓意深遠，留給讀者很大之意蘊空間，這便是標題間接反映內容的迷人之處。

　　〈明天〉這篇小說之標題，亦有其含義，它的內容主要在描寫主角〝單四嫂〞的凄慘遭遇。盡管單四嫂如何勤勞、如何善良，但她所碰到的只有調笑、欺騙，紅鼻子老拱、藍

皮阿五或王九媽等，表面像在幫忙，實際卻占她便宜，尤其是何小仙這個庸醫，更害死她的孩子寶兒，單四嫂除被吃掉外，只有從失望到絕望，別無他法，這在當時的舊社會是一個很普遍的現象。因此，作者只好把她的希望寄托在〝明天〞上面，誠如在該篇作品的結尾時說：「只有那暗夜為想變成明天，卻仍在這寂靜裏奔波。」

至於魯迅之《吶喊》、《彷徨》，以及《故事新編》這三部小說集的標題，亦是微言義重，意蘊深含。有些作家對於小說集的命名，通常取自於其中一篇作品之標題，然作者卻是另擬題目用以總括小說集所反映的思想情感，所表現的社會生活等方面，來考量標題的選擇，故這三部小說集，剛好代表著作者思想發展的三個過程。在他青年時代起，即懷著救國救民的雄志，他棄醫從文，辦雜誌，無非想推動文藝以救中國，並以打破舊思想為職志。然當他「見過辛亥革命，見過二次革命，見過袁世凱稱帝，張勛復辟，看來看去，就看得懷疑起來，於是失望，頹唐得很了。」後經錢玄同鼓勵他寫小說開始，為喚醒熟睡的大眾，不被悶死便免不了要吶喊幾聲。所以他們說：

> 「假如一間鐵屋子，是絕無窗戶而萬難破毀的，裏面有許多熟睡的人們，不久都要悶死了，然而是從昏睡入死滅，並不感到就死的悲哀。現在你大嚷起來，驚起了較為清醒的幾個人，使這不幸的少數者來受無可挽救的臨終的苦楚，你倒以為對得起他們麼？」

> 「然而幾個人既然起來，你不能說決（絕）沒有毀壞這鐵屋的希望。」

可見，當時他們把希望寄托於將來，並遵奉革命前驅者

的命令，為改革社會而吶喊助威，以慰藉那些在寂寞裏奔馳的猛士，不畏懼於前驅，努力奮鬥。當然，「在這中間，也不免夾染些將舊社會的病根暴露出來，催人留心，設法加以療治的希望。」由此，魯迅便將這一階段所創作的小說，結集起來付印，並以〝吶喊〞做為該小說集的總名，這便是其第一個過程。

後來他又對〝遵命文學〞產生懷疑，這樣的吶喊助威，對於社會改革有何意義？劉和珍、楊德群等的慘死，遭到教育部的非法免職，以及政府的通緝等，尤其是同一戰線的伙伴，更讓其失望。他說：

> 後來《新青年》的團體散掉了，有的高升，有的退隱，有的前進，我又經驗了一回同一戰陣中的伙伴還是會這麼變化，並且落得一個〝作家〞的頭銜，依然在沙漠中走來走去，不過已經逃不出在散漫的刊物上做文字，叫作隨便談談。……而戰鬥的意氣卻冷得不少。新的戰友在那裏呢？我想，這是很不好的。於是集印了這時期的十一篇作品，謂之《彷徨》。

可見，魯迅前此的經驗，令他頹喪，而這次的經驗，令他〝彷徨〞，然這一切皆讓其冷靜省思，在彷徨中尋求革命真理，此即是作者所講的：「路漫漫其修遠兮，吾將上下而求索。」這便是其第二個過程。

魯迅雖彷徨，但他並沒有放下武器，他在彷徨中觀察、思考、探索，隨時準備再投入戰鬥行列。誠如他在題《彷徨》詩時謂其：〝荷戟獨彷徨〞，既是荷戟，當然是沒解除武裝，作者就是在這種一邊作戰，一邊尋求真理下，完成其《故事新編》。以熔古鑄今，古為今用的借古諷今手法，將歷史故

事賦以新生命，以達到揭開舊社會的黑暗，評擊舊思想的腐朽，進而號召全民起而奮鬥，這便是其第三個過程。

由此可見，直接反映與間接反映，皆各有其優缺點，直接者令人一目瞭然，即知作品的大概，有助於讀者進入其領域，相對的減少讀者想像的意蘊空間；間接者正好與此相反。可見，標題之選擇，對於讀者認識作品，具有先導作用，故我們在為作品選擇標題時，應以內容為考量重點，並配合所要揭露的主題來擬定標題。

第三節　特色的運用

讀者選擇閱讀書籍，首先看書名，也就是標題，如果吸引才會進一步看內容。光有很好的內容，而沒有吸引讀者的標題，容易讓讀者錯過；光有很吸引讀者的標題，而沒有很好的內容，也會讓讀者止步，兩者雖相輔相成。但小說標題是給讀者第一個印象，能不能吸引讀者進一步的閱讀，是關鍵所在。因此，吸引讀者的標題，其特色運用如下：

一、特別與聳動：

〝特別〞即是不一般、與眾不同、格外的、特地的、特意的、尤其是等意思。

〝聳動〞即是讓人驚訝、煽情，也就是一種充滿激動的感情渲染的意思。

用此等標題，較容易引起讀者好奇心。

二、簡潔凝煉和諧統一：

　　小說標題的選擇，宜簡潔凝煉，善用現代漢語中，雙音節詞為主的語言特色，不僅讓標題簡潔明確，詞義清晰，更顯示出整體的和諧美，令人讀之琅琅上口，印象深刻。尤其從形式上看，是整齊統一的。

三、微言義重意蘊深含：

　　小說標題的選擇，雖宜簡潔凝煉，卻要有微言義重，意蘊深含。如魯迅之〈藥〉這篇小說的內容，就非常豐富，含義也深遠。整篇小說的情節，皆圍繞在為民主革命而犧牲性命的烈士〝夏瑜〞，和華老栓夫婦以烈士鮮血為兒子〝小栓〞治病這一線索上。除揭露舊社會的愚昧、迷信外，亦隱含著民主革命若不喚醒大眾，不依靠全體人民起來抗爭，單憑個人孤軍奮鬥，即使再英勇，不惜去犧牲，最後也難於成功的內涵。然盡管其含義深遠，魯迅卻僅僅以〝藥〞一個字為題，不因內容的深廣而使標題累贅冗長，此乃其匠心獨運之地方。因這篇小說就是只有一個藥字的標題，才能令其有千鈞之力，不可移易的效果。試想，如增一個字〝血藥〞或〝藥方〞等，則面目全非，原題意味全然被毀，更無其意蘊可言，這實在是作者的〝畫龍點睛〞之筆。

　　再者，藥是治療病症，解除疾苦的物品，不是病狀本身。作者以〈藥〉這篇內容，配合〝藥〞這個標題，就更突顯其所說的：「所以我的取材，多採自病態社會的不幸的人們中，意思是在揭出病苦，引起療救的注意。」現在，作者不僅指出其病源所在，而且還付諸實踐，以藥施行其〝療救〞的行

動。他在日本時，不惜棄醫從文，以推動文藝救國，便是這〝行動〞最好的明證。

　　綜上所論，小說標題的選擇，除善用以標題來直接反映內容，或間接反映內容外，也要具特別與聳動，才能引起讀者的好奇心，並運用簡潔凝煉的語詞，使其非常和諧統一，尤其是在簡短的標題中，卻微言義重，意蘊深含，此便是匠心獨運的特色。

第三章　小說情節之處理

　　所謂〝情節（Plot）〞又稱故事線（Storyline），係指一個故事所包含的一連串性事件，以及這些事件之間的因果關係。傅騰霄說：

> 小說的中心是人物，它要表現出人的性格、情緒，因此就難以離開事件——即我們所談的故事……可見構成情節的時候，事件的邏輯關係非常重要。它就像一根無形的鍊條一樣，緊緊地拴住事件的各個部分，使之穩固地構成小說的框架。[1]

　　又說：

> 所謂小說的情節，實際是一系列有利於展示人物性格的大小事件連貫有序的組合。儘管其組合的方式可以千變萬化，但是在小說的事件之間卻必定有著某種邏輯聯繫。[2]

　　可見故事所指，乃是我們生活片斷中的一件事情，這件事可以是事實，亦可以是虛構，而情節所指，乃是這件事的發展過程。其目的無非在展示人物性格及其主題，然故事之目的，必需藉由情節才能體現，而情節必需依附故事才能發展，兩者相輔相成，缺一不可，如此才能構成一部小說。這就好比一幢建築物，故事就如其建築架構，情節就如其雕琢裝飾，作者則如其設計師。建築物的風格主題，光靠其建築架構是無以顯示的，必需藉由其雕琢裝飾才得以體現，而要展示何種風格，則有賴設計師的規劃安排。

---

[1] 傅騰霄：《小說技巧》，（臺北：洪葉文化公司，1996 年 4 月），PP.110、111。
[2] 同前註，P.111。

　　至於故事情節的處理，是否需如英國小說家佛斯特所說的：

> 我們得對情節下個定義。我們對故事下的定義是按時間順序安排的事件的敘述。情節也是事件的敘述，但重點在因果關係（Causality）上。[3]

　　筆者認為並不盡然。在中國傳統小說，基本上雖是依這種事件的時間順序、因果關係來設計故事情節，但也可跳脫此窠臼，如現代小說，其情節則無一定的因果關係。這種故事情節之處理，是可多樣化的，才能革新傳統小說之模式，開創另一條嶄新途徑。

　　茲將小說情節的處理方式分為情節的結構、情節的敘事、情節的描寫、情節的內容，以及特色的運用等項，列舉說明如下：

第一節　情節的結構

　　所謂〝結構（Structure）〞，周伯乃釋義說：

> 結構是由小說人物的一連串動作與動作，所產生的連續演變，而由這演變中所發生的情節。有了情節，便有懸疑的存在，有了懸疑，便有被等待的焦慮，以及急待解決的因果關係。[4]

　　可見，故事的結構乃在於將人物、事件、時間、場景等

3　英・佛斯特著，李文彬譯：《小說面面觀》，（臺北：志文出版社，1995 年 12 月），P.114。
4　周伯乃：《現代小說論》（台北：三民書局），1974 年，P.158。

材料，做有系統、合乎邏輯性的組織與安排，其安排規則，大抵如小說家羅盤所謂：「開頭、發展、糾葛、頓挫、轉機、焦點（高潮）、急降、結局等八個階段來進行其情節發展。」[5] 茲列舉如下：

魯迅《吶喊》中之〈明天〉、《彷徨》中之〈弟兄〉、《故事新編》之〈鑄劍〉等小說，即是依時間順序，及其因果關係的模式來安排其結構。

〈明天〉由老拱在深更，不再聽到主角〝單四嫂〞的紡紗聲為起頭、引出單四嫂抱著寶兒擔心他的病情、抱著寶兒求診、庸醫診斷、寶兒吃藥後死亡、單四嫂喪子的哭泣、王九媽的幫忙、買棺木埋葬、回想寶兒還在時的情形，以至到期待明天的來臨等情節，皆依佛斯特所說的時序、因果一貫而下，缺一不可。中斷一個情節，即切斷其因果鏈而造成殘缺，破壞其結構的美感。

〈弟兄〉由一對兄弟因公債票而打起來為起頭、引出主角〝張沛君〞不解自家兄弟何以要斤斤計較、公益局的同事都羨慕張沛君兄弟的和睦、張沛君以為弟弟得了流行症而擔心、請醫生的經過、張沛君潛意識的夢幻、醫生診出不是流行症而虛驚一場、夢的片斷繼續浮現、張沛君回到公益局上班，以至到同事又恭維其兄弟〝你們真是鶺鴒在原〞等情節。

〈鑄劍〉由老鼠的吵雜聲為起頭，引發主角〝眉間尺〞殺死他的經過、母親感嘆兒子不冷不熱的性格怕其不能為父報仇、引出父親被殺的經過、眉間尺決心為父報仇、等待時機、得黑色人幫助並割下自己的頭顱、黑色人扮異人為大王

---

[5] 羅盤：《小說創作論》（台北：東大圖書公司），1990 年，P.97。

第三章　小說情節之處理

解悶、殺死大王的經過、辨別大王的頭顱，以至到三個頭顱一個身體一同落葬等情節，亦是依時間順序排列、由前後因果關係連貫而成。

而〈祝福〉、〈孤獨者〉等小說，就無依其事件的時序模式，安排其情節結構。〈狂人日記〉之情節則無一定的因果關係。

〈祝福〉係採用倒敘體，不寫出事件產生的原因，而把結果先突兀於讀者面前，由高潮緊張之處著筆。作者先把主角〝祥林嫂〞，在雪夜死去的悲慘結果告訴讀者，然後再以倒敘手法，把〝我〞所見所聞的一些事情串連起來：如她的丈夫在春天死去、從婆家逃出到魯鎮魯四老爺家做女工、被婆家搶回捆著賣到深山去、不久生一個兒子、她第二任丈夫不幸死於傷寒、兒子又被狼吃掉、後被她大伯趕出家門、再回魯鎮魯四老爺家當女工、主人不滿意她的工作、最後淪為乞丐等事情。

〈孤獨者〉的情節結構亦與〈祝福〉相同，作者先把為主角〝魏連殳〞送殮這個結果告訴讀者，然後再以倒敘手法，將其與他認識的經過，及其生前的點點滴滴，一一描述。

而〈狂人日記〉雖依時間的順序來安排故事情節，但其情節與情節之間的轉換，並無因果關係存在，完全是以意識流來貫通，非建立在因果鏈上。該篇小說計十三片情節，從主角〝狂人〞三十年來的發昏今日的覺醒起頭、趙貴翁與路上的人等好像都要害我，以至到最後喊出〝救救孩子〞等情節結構，全部以狂人的意識為主體，每片情節之間的轉換，皆以邏輯推理演繹而成，並非以事件產生、發展、結果等的因果關係來構建。

　　由此可見，小說之創作，可多樣化的情節結構來安排，除因應體現主題之需外，亦不要使情節過於僵硬演進。

第二節　情節的敘事

　　所謂「敘事（Narrative）」，乃指對一系列相關事件或故事的描述。基本上，故事情節的敘事人不管是以第一人稱或第三人稱來敘述其故事情節，大都是單一敘事人，尤其古典小說更是如此。也曾出現過第二人稱的敘事人，以及人稱迴轉的兩個敘事人的現象，但因其困難度較高，故較少作家願意嘗試，以對話方式敘事者，則非常少見。茲以第一人稱、第二人稱、第三人稱、人稱迴轉，以及對話敘事列舉如下：

一、第一人稱：

　　在敘事者的第一人稱，即是以「我」來描述故事。也就是指敘述故事者的角度，是以作者為主角。所看、所聽、所知的，都是以主角描述為主，是主觀性也是限知性的。

　　其優點，故事內容都是主角親身接觸過的事物，所以感受性很強，內心戲上也豐富多元，讀者彷彿身歷其境，容易引起共鳴；而缺點則是，由於敘述者的描述全都侷限在主角的身上，無法跳脫出主角之外，適合小格局的故事，如是大格局的故事，或筆下角色眾多時，寫起來困難度就高。茲列舉曠野之鴿《大漠飛鴿·北大戀情》中之：

　　夕陽西沉，天色很快就暗下來，這不符我們的經驗，所以我有點緊張，雨柔是小女孩，身體不停地抖動，不知是冷，

或是恐懼，我握緊她的雙手，安慰她別怕，有我在。這裡空曠毫無人煙，遠處更看不到有任何燈光，一片漆黑，我側身單手緊握她的雙手，走在前面，一手探索可抓住的東西，時而用單腳先探路，必要時趴下身子，用手探路，僅靠微薄的月光，慢慢地前進。突然我尖叫：

「哇！」好大的一聲。

我一腳落空，斜身在懸崖邊，身體頓起雞皮疙瘩，心臟似乎要從口中跳出，我趕緊用嘴巴含住，心裏也泛起一股涼意，從上面慢慢地往下冷去，直至腳底。我趕緊甩開她的雙手，我怕要是掉下去，不能拉她做陪，待我奮力一蹬起來時，她哭著抱著我說：

「我好怕喔！你不要丟下我，你要是掉下去，我怎麼辦？怎麼辦？難不成，你也要我跳下去，為你殉情？」

我摟著她，不捨的說：

「好！好！不哭！不哭，我怎麼會忍心棄妳不顧，妳放100個心，我會小心，再小心。」

我更謹慎的牽著她走，不知走了多久。

「雨柔！妳看，前面有燈光，燈光雖微弱，但我可以確定那是燈光。」我說。

「是啊！有燈光，我們得救了。」

在城市裡，到處都是燈光，我們從沒感受到它的可愛，這次覺得它真是美極了。就像掉到海裡，抓到浮木一樣的踏實感、安全感。這表示只要到那個地方，我們的危機就解除。

所以，它像是我們在汪洋中的燈塔，指引我們前進。

二、第二人稱：

在敘事者的第二人稱，即是以〝你〞來描述故事。也就是指敘述故事者的角度，是以主角相對的角色，來做為敘事者，是主觀性也是限知性的。

其優點，故事內容都是主角相對的角色來敘述故事，就像在聽自己的朋友，訴說自己的事一般親切，主要角色也就更加生動真實；而缺點則是，無法探究主角內心的想法，帶入感便嫌不足，尤其是大格局的故事，或筆下角色眾多時，寫起來困難度就高。茲列舉劉心武〈樓梯拐彎〉中之：

你十七歲了。高中最後的課程已經結束，你和許許多多的同齡人一樣，正在準備參加高考。春風撩撥著你的心懷，每當你從鏡中看見唇上那漸濃的茸毛，心中就湧動著一種難以譬喻的神秘的情緒。你的愛好和追求本是多方面的。為了一部令你好奇的影片，你可以騎一個小時的自行車，任風沙撲打你冒汗的身體，在幾乎是絕望的形勢下固執地舉著三毛錢，在影院門口等一張退票；你也可以在足球場上一再模仿球王比利的姿態，直到球鞋〝嗤啦〞一聲又裂開口子，才為即將身受媽媽那劈頭蓋腦的申斥而收斂興趣……。

但是這些天你忘記了對鏡檢查唇上的茸毛，也顧不得翻看報紙上的電影廣告，更疏遠了足球；你心甘情願地接受爸爸嚴格到挑剔程度的考察，以及媽媽那翻來覆去的往往是冤枉人的嘮叨。他們都是為了你好。事情很清楚，如果你考不上大學，那你就要加入〝待分配青年〞的行列，當微風再拂

過你的身軀時，你就不會有現在這般輕鬆怡悅的感覺。

三、第三人稱：

在敘事者的第三人稱，即是以〝他〞來描述故事。也就是指敘述故事者的角度，是以說書者的角度，又稱上帝的視角，來做為敘事者。是客觀性也是全知性的。

其優點，敘事者被排除在故事與所有角色之外，不參與故事中的事件，也不主導事件的發生，可縱觀全局發展，並描述不受侷限，故當故事格局越龐大時，或筆下角色越多時，寫起來不會感到困難重重；而缺點則是，由於描述不受侷限而宏觀全局發展，故會出現內心戲不足的現象，而帶入感很差，讀者難有身歷其境地感覺，更難產生共鳴。茲列舉黃春明《看海的日子》中之：

雖然她早已習慣於在小房間裡，在陌生男人的面前剝掉僅有的衣著，但是她還是一直害怕單獨到外頭走動，除非有什麼不得已的事情，這次她必須趕回去，誠然她永遠不能原諒養父出賣她身體的事。可是頭一年的忌辰在她家裡來說，是一個重大的日子，阿娘本來很不願意她在這個生意盛忙的時候請兩天假，尤其像她能叫絕大部分的男人喜歡，而當他們再度來買女人時，都指名找她的情形下，這兩天的假在阿娘和她本身，都算是損失的。有什麼辦法？遇到這種日子，只好答應阿娘儘早回來，臨走阿娘又再三地吩咐說：

「早一點回來,最好能多帶幾個查某來幫忙。」

從漁港順便帶幾條新鮮鰹魚，急忙地趕到蘇澳搭十二點零五分的火車，準備回瑞芳九份仔。

四、人稱迴轉：

在敘事者的人稱迴轉，即是以〝我或你或他〞二個以上的敘事者來描述故事。也就是指敘述故事者的角度，至少有二個在交互運用來描述故事。是主觀性與限知性的，也可以是客觀性與全知性的。具有上述第一與第三人稱的優點，如果運用得宜，幾乎沒有缺點。茲列舉風《繁華當知來時路‧旅遊篇》中之：

走出園區後，他約雨柔一起遊北橫公路，雨柔打量著他那輛黑色吉普車，心想：

「坐上去一定很拉風刺激，又看一下宇風，心想他應該叫天兵，一副笨笨的樣子，應該是安全，何況他是老師。」

他不等雨柔回應便跳上吉普車說：「走！我帶你看雲去。」

我們先到前面慈湖站加油再出發。加滿後，我很斯文的將車開到公路上，趁雨柔不注意用力踩了油門，輪胎便發出尖銳的軋軋聲！同時也冒起一陣白煙，車子便像失韁的野馬，向前衝出。

「喂！你要飆車也告訴我一聲，害我嚇了一跳，不過好刺激喔！我喜歡。」雨柔說。

哇！好漂亮的西洋菊，沿途都是，北橫公路真是美。

雨柔的讚嘆聲還在隨風飄盪時，我們就已到了兩蔣文化園區，可能車速太快，沒幾分鐘而已。……

第三章　小說情節之處理

　　車子沿著7號公路開到49K+000處，到了大漢橋，橋上有很多觀眾，我也好奇把車停下來，走過去看看。妳突然叫道：

　　「我也要跳！」

　　「這是高空彈跳哩！妳敢跳？」

　　「我為什麼不敢跳？」

　　「妳先看過人家跳過的心得，再說吧！」

　　於是我們參與叫喊：「加油！加油！有誰敢跳快報名。」

　　「我來！」有一小女生自告奮勇報了名，大夥都發出驚訝的歡呼聲，掌聲不斷。

　　「有人跳了以後，失事過嗎？」妳問。

　　「應該沒有。」我說。心想，其實我也不知道有沒有人發生過意外，只是如果有不幸的事件，新聞應該會報導出來吧！但沒聽說，應該是沒有失事過，我是這麼想著。

　　當那小女生站在護欄上，望著很深很深的溪谷，真讓人不寒而慄，兩腿直發軟無法站立，還得靠周邊的人扶著。小女生後悔哀求不要跳，最後卻聽到一聲很淒慘的叫聲，下去了，不知是被推，或是自己跳的，我們也搞不清楚。

　　「妳如果要跳該妳去報名了。」

　　妳開始猶豫起來，皺緊了眉頭，看一看橋下，又深深吸了一口氣。突然反問說：

　　「那你為什麼不跳？」

「我是個教授，國家的棟樑。不…許多的國家棟樑都要靠我栽培，我如果有個三長兩短，是整個國家人民的損失。」

「那我將來會是國家棟樑的太太呀！我死了，國家棟樑怎麼辦？」

「其實，我也捨不得妳跳！」我笑了笑說。

死有輕如鴻毛，有重如泰山。沒想到這趟北橫之旅，讓我們重新審視自我存在的價值、生命的意義。真是行萬里路，勝讀萬卷書！

「走吧！上車。」我說。

隨手也記下「臺灣高空彈跳俱樂部」的電話，好讓有興趣的人可以連絡。

魯迅《吶喊》中之〈頭髮的故事〉、《彷徨》中之〈在酒樓上〉等小說，有兩個敘事人。

〈頭髮的故事〉一個是〝我〞，一個是〝N先生〞，我的安排是為從旁觀者之視角去查看N先生，並做他的聽眾，是屬〝限知性的〞。而N先生的安排，是通過他本人敘述來展示其不為人知的內心感受，是屬〝全知性的〞。如此便可從我的敘事角度，與讀者一起看到N先生的形象。亦可從N先生的敘事角度，讓讀者聽到N先生感嘆的內心世界。魯迅從以前北京雙十節的情形為起頭、引出對往事的回憶、多少年輕人曾為社會改革而身圍囚牢，甚而付出性命，如今大家全都忘記他們、情節轉向中國人的頭髮上、中國人留與不留辮子的可憐、自己剪掉辮子的遭遇經過，以至反對無謂的犧牲等情節，道盡N先生感嘆、牢騷的原因。隨著敘事人和敘

事角度的變化，一個滿腹牢騷、脾氣乖張的形象，以及生在作者那個時代的中國人之無奈與悲哀，就豎立在讀者面前。

　　〈在酒樓上〉亦是一個〝我〞，一個主角〝呂緯甫〞。〝我〞的安排是為從旁觀者的視角去觀察呂緯甫，並做他的聽眾，是屬限知性的。而呂緯甫的安排是通過他本人之敘述，來展現他隱秘看不見的內心世界，是屬全知性的。如此便可從〝我〞的敘事角度，與讀者一起見到在酒樓裏行動變得〝格外迂緩〞的呂緯甫，他喝著無聊的酒，說著他也認為無聊的事，這是〝我〞眼裏今非昔比的呂緯甫。從呂緯甫的敘事角度，讀者又聽到他的心裏話。魯迅用兩個情節：一個是呂緯甫給三歲時就死去的弟弟遷墳，一個是呂緯甫到太原、濟南等地為他喜歡的鄰居順姑買剪絨花，順姑死了，他只好送給她的妹妹阿昭，以了結母親的心事，這兩個情節說出呂緯甫的憂煩與被現實磨鈍的心情。隨著敘事人和敘事角度的變化，一個內心憂煩，外表孤獨的形象就在讀者面前展露無遺。

五、對話敘事：

　　在敘事者的對話敘事，即是以〝你、我〞二個敘事者來描述故事。也就是指敘述故事者的角度，有二個在交互運用來描述故事，是主觀性與限知性的。同時具有上述第一與第二人稱的優缺點。茲列舉曠野之鴿《雛鴿逃命落溝渠・無奈的悲歌》中之：

　　築！妳還記得我們在夢幻湖所說過的話嗎？

　　「築！妳應把妳的〝築〞字改成四君子之一的〝竹君

子〃。」我說。

「為什麼?」妳問。

「因為竹除了形態上的瀟灑玉立,文雅而有氣節外,最重要的是～～」

「是什麼?快說呀!」

「它可以和風共譜戀曲。」我有點羞澀結巴的回答。

「喔!你想當風?」妳不加思索的脫口而出,然當妳發現自己的唐突時,頭便輕輕的低下。

「築!妳不願意嗎?妳看!我們置身於這一片孟宗竹林的感覺如何?清爽、幽靜……,有如人間仙境;妳聽!風不就正在對竹訴說他的心曲嗎?而竹不也在對風傾吐她的癡迷。」

「有如琴瑟和鳴,天籟之音。」妳搶著說。

「對極了!妳想,竹是因有風,才能搖曳生姿;而風如果沒有竹,就不能顯現他的存在。」

「所以,以後我們的家,應像這片竹林一樣,還要有一幢別墅;對!我們在入口處還要落個款,橫聯為:『竹和風的故事』;右聯為:『竹因風而美麗』;左聯為:『風因竹而偉大』。」妳懷著憧憬說。

「風和鳴!竹生姿;共譜竹風的故事。築!妳願意嗎?」我問。

「嗯!」妳輕答後,便撲在我懷裏,臉上也泛起一陣陣

的紅暈。

築！這些話雖是妳我交淺言深的夢想，而我卻是那麼的認真、那麼的執著，至今每想及此，仍會有滿足的微笑。後來，我們還曾相約去尼泊爾自助旅遊，為了與妳出遊，我努力工作，一個月的獎金就超過薪水三倍之多，雖然辛苦，但既充實又快樂。

啊！築，好令人難以忘懷的日子，我歡欣、我歌唱，我願為妳放棄一切，只要讓我陪著妳。

由此可見，小說之創作，在故事情節的敘事上，可不流於單一化或多元性，常運用交替方式，以能刻畫人物性格，表現其主題為主。

第三節　情節的描寫

所謂〝描寫（Description）〞，乃指用生動形象的語言，把人物或景物的狀態具體地描繪出來，是文學寫作常用的表達方式。描寫的作用是再現自然景色、事物情狀，描繪人物的形貌，以及內心世界，使人物活動的環境具體化。故事情節的描寫，有兩種方式：

一、強化故事性的手法：

該手法為要符合民族性審美的要求與習慣，通常會採用故事性較強的傳統手法。茲列舉李昂《殺夫》：

林市從一起一落彎身上下匍拜中抬起臉，整頭亂髮糾纏

在青白的臉上,眼睛閃閃發光但愣愣看著前方,竭力凝住神,吃力的慢慢說:

「不要幹我阿母……」

「騙肖,幹你老母的××,我幹你老母,還要幹你呢!」

酒意中陳江水得意的一再重覆「**我幹你老母,還要幹你**」,一面拉過林市將她強扯到房內,動手就去脫林市衣褲,還揚起一直帶在身邊的豬刀,在林市眼前比劃:

「你今天若不哀哀叫,我就一刀給你好看。」

「不要,不要幹我阿母……」林市喃喃的說,往後退縮。

「你叫不叫。」陳江水壓下身。「不叫我再帶你到豬灶看好看的。」

林市不曾掙扎,出聲像小動物般細細的哀哭起來,乍聽恍若唧唧唉唉的叫著,陳江水十分滿意,有一會翻身下來,例常的很快沉沉睡去。那白晃晃的豬刀,仍留在手邊不遠處的床板上。

林市爬起身,蜷曲身子以雙手環抱住腳,愣愣的坐著看從小窗扇中照射進來的一長條青白月光,白慘慘的月光一點一寸緩緩在床板上移動。林市定定的凝視著那月光,像被引導般,當月光侵爬到觸及刀身時,閃掠過一道白亮亮反光。林市伸手拿起那把豬刀。

寬背薄口的豬刀竟異常沉重,林市以兩手握住,再一刀刺下。黑暗中恍然閃過林市眼前是那軍服男子的臉,一道疤痕從眉眼處直劃到下顎,再一閃是一頭嚎叫掙扎的豬仔,喉

口處斜插著一把豬刀，大股的濃紅鮮血不斷的由缺口處噴湧出，渾身痙攣的顫動著。……

最後看切斬成一塊塊差不多好了，林市坐下來，那白慘慘的月光已退移向門口，很快就完了，然後就沒事了，林市想。這才肚腹內猛地傳來一陣強烈的飢餓，口中還不斷湧出大量酸水。

丟下豬刀，林市爬出房外來到灶邊，熟練的生起一把火，取來供桌上擺放的幾個紙人與紙裳褲，一一在火裡燒了，再端來幾碗祭拜的飯菜，就著熊熊的火光，在灶邊猛然吞吃，直吃到喉口擠脹滿東西，肚腹十分飽脹，林市靠著溫暖的灶腳，沉沉的、無夢的熟熟睡了過去。

李昂把殺豬者的形象舉止寫活之餘，另外加進她創作的性愛重要元素，兩相結合，使故事更加驚悚，帶領讀者走進刀光血影、鬼魅魔幻，布滿血氣殺意的世界。

二、淡化故事性的手法：

該手法強調故事的藝術性，著重於人物性格的刻畫與心理描寫的現代手法，使其情節在表面上顯得平淡單純，雖無傳統小說那種曲折、緊張之氣氛，但卻隱含著深邃的意蘊空間。藉由刻畫人物性格或意識情緒，以展現其主題。茲列舉魯迅《彷徨·弟兄》：

該〈弟兄〉主要有三個情節，第一個情節是以對比形式構成。以秦益堂在辦公室說兒子們打架的事情，引出同事對主角〝張沛君〞兄弟感情和睦的羨慕，以為後文埋下伏筆。第二個情節以描寫張家兄弟在一起的情形，主要是展現張沛

君因弟弟的病，而展開一系列心理活動。當主角為其弟請醫生時，作者將視角由外往內切入，以他的內在意識流動來補充他的外在表現：

　　「那麼，家計怎麼支持呢，靠自己一個？雖然住在小城裏，可是百物也昂貴起來了……。自己的三個孩子，他的兩個，養活尚且難，還能進學校去讀書麼？只給一兩個讀書呢，那自然是自己的康兒最聰明，然而大家一定要批評，說是薄待了兄弟的兒子……。」

　　這是主角的潛在心理之自私想法，卻擔心別人的批評。第三個情節再把視角由內轉外，又是張沛君為弟弟的病情操心，當他守在其弟張靖甫身旁時，作者又把握時機插入意識流的夢幻。在夢幻中，他忙著替弟弟收殮，獨自背著棺材，從大門外走到堂屋裏，熟識的人在旁邊交口稱頌。他命自己的孩子去上學，揮起手掌向侄兒劈過去。侄兒滿臉是血，哭著進來，後面還跟著一群相識與不相識的人。他向人們解釋不要受孩子的騙。侄兒就在他身邊，他又舉起手掌……等。如此簡化平淡的情節描寫，毫無傳統手法的緊張、刺激，便將主角的私心和虛情假意躍然呈現於紙上，揭示出其性格特徵。

　　由此可見，小說之創作，在故事情節的描寫上，可以偏重人物性格的刻畫與心理描寫，來取代故事性較強的傳統手法，使其情節雖平淡，其意蘊空間卻能加以拓展。

第四節　情節的內容

　　所謂〝內容（Content）〞，乃指相對於形式而言，是事

第三章　小說情節之處理

物內部所包含的實質或意義，是文學或藝術作品中所含的意義或精神。古典小說的內容，大多以神怪俠客，如《西遊記》、《封神演義》、《七俠五義》；帝王將相，如《三國演義》；或才子佳人，如《紅樓夢》為對象，較少取平民百姓。而現代小說則大多取於社會低階的平民百姓。茲列舉魯迅《彷徨》之〈祝福〉：

　　〈祝福〉中主角是〝祥林嫂〞，她的身份是一個淪為佣人的農家寡婦。魯迅安排了幾個情節：第一任丈夫死後逃出婆家初到魯鎮、後來被婆家搶走硬把她嫁到深山、第二任丈夫與兒子都死了被大伯強收回房子只好再到魯鎮、因主人與自己的迷信而終致年夜死於雪地等。這些情節是祥林嫂一生中之四個片斷，第一個片斷體現她潛在的反抗意識與樸實任勞任怨的性格，中間兩個片斷表現她受著族權的迫害，最後一個片斷表現她受著神權的迫害。而為拒絕婆家將她再嫁去撞香案，為贖這一世的罪名而捐門檻等的細節描寫，無非在替情節作更詳盡之說明和補充。魯迅這種情節的安排，乃在以祥林嫂的經歷來揭示中國婦女生存在舊社會，那種無奈的悲慘命運。

　　誠然的，魯迅在創作上係採寫實的手法，以揭示人物的必然性命運。祥林嫂做寡婦之後怎麼樣？她反抗、她逃亡了，然又能怎麼樣？她敵不過婆家，生活的權利被剝奪，賣到深山去。二次做寡婦後的命運依舊是如此，被夫家大伯趕出賴以生存的小屋，而魯四老爺認為她〝傷風敗俗〞最後連生存的權利亦落盡，死於雪地裏。這些情節的安排，都注定悲劇的必然性發生。

　　魯迅小說除以情節反映人物的性格命運外，亦有描寫人

物的情緒方面。情緒化之情節，亦是作者所講究的情節內容
部分。中國傳統小說往往為故事的傳神和完整，而注意人物
的舉手投足、音容笑貌，至於周圍環境，有時亦不過是一種
渲染的手段而加以描寫而已。然魯迅小說卻有兩種變化：一
種是將筆端由外在轉向內部，著力於揭開人物的內心世界，
體現其感情、心理、思想等的產生、發展，以及演變過程。
另一種是以情感去串聯全文，情節中之動作、行為等因素較
少，主要以抒發自我的感受和情感體驗。

　　第一種情緒化的情節，在魯迅小說作品中所佔比例相當
大，如《吶喊》之〈頭髮的故事〉等，《彷徨》之〈在酒樓
上〉、〈幸福的家庭〉、〈傷逝〉等，均是抒發對現實環境
的感受，表現人與環境之間的不協調、不統一之矛盾心理。
像〈傷逝〉的情節構架很簡單：女主角〝子君〞不顧世俗和
家庭的反對，勇敢與男主角〝史涓生〞結合。現實生活之壓
力使兩人的感情有了裂痕，子君只好隨父親回娘家，後來便
憂鬱而死。全篇是從「如果我能夠，我要寫下我的悔恨和悲
哀，為子君，為自己」的傷感情緒中，來展開其回憶和懺悔，
以至到結束止，皆以悔的情緒縈繞在男主角身上，把史涓生
的心靈挖得很深入。

　　第二種情緒化的情節，在魯迅小說作品中所佔的比例較
少。像〈社戲〉中，以主角〝我〞在豆麥、水草的清香中，
坐船看戲、偷羅漢豆吃的情節描寫，展現其輕鬆愉快的情
緒，時時流露出對童年生活的難忘。此種情緒化的情節，能
使讀者和作品之間的距離拉進，故更容易產生共鳴。

　　由此可見，小說之創作，在故事情節的內容上，可以塑
造平凡小人物為主，並截取他們生活中的片斷，來取代傳統

小說以上流人物為主，以幻想、浪漫，或傳奇等取勝的內容，使作品具相當真實性與普遍性，令人讀之感同身受而引起共鳴。

第五節　特色的運用

至於小說的情節，想要突顯其特色，可運用如下方法：

一、革新傳統模式，開創現代化的處理方法：

傳統小說在情節上，因考慮故事的時序、邏輯性及其因果關係，故一般皆按起、承、轉、合的結構模式，來安排故事情節。而傳統小說之情節，是構成小說的框架，是典型人物性格成長的歷史。縱觀中國傳統小說，從明・胡應麟謂：「凡變異之談，盛於六朝，然多是傳錄舛訛，未必盡幻設語，至唐人乃作意好奇，假小說以寄筆端。」[6]之唐人傳奇小說開始，以至明清的章回小說，大抵是用故事性較強的情節來構造。如隋唐之白行簡《李娃傳》、元稹《鶯鶯傳》等戀愛類傳奇小說，其內容不外乎是由才子佳人，男主角才高八斗，女主角美若天仙，或有才華橫溢，與男主角不相上下，兩人一見傾心，再見私訂終身，再加上箋帕和詩，或丫鬟傳情。其中必有父母作梗，或另有惡少、官宦人家偷情撮合，終以大團圓結局等情節，來構造全篇。

而豪俠類如裴鉶《聶隱娘》、杜光庭《虯髯客傳》等傳

---

6 明・胡應麟：《少室山房筆叢》第三十六卷，（上海：中華書局編出，1958 年 10 月），P.486。

奇小說，亦不外乎由若干個俠客結義，若干個歹徒聚合，有時二俠因誤會而衝突，有時反派人物頓然感悟，轉為義士，或有為復仇，或有共同為崇高理想而奮鬥（《虯髯客傳》即以推翻隋朝為職志），當然免不了爾虞我詐一番，最後奸匪徒滅，而忠義得以伸張，或有封侯賞爵的結尾等情節。宋元之《大唐三藏取經詩話》、《三國志平話》等話本小說，是講者依其底本，把故事陳述出來，自然以說故事為主體。明清之《水滸傳》、《儒林外史》等章回小說，《水滸傳》的主要情節，在於官逼民反、梁山聚義、梁山一百零八條好漢與當時社會政府衝突的情形，以及彼此之間的對抗，以致和諧之過程。而《儒林外史》的主要情節，在於攻擊〝舉業〞、〝八股文〞，以及那些專學作八股文以應舉業的人之經過。有時亦揭櫫出自己心中的理想人物與理想生活，如王冕、季遐、于老者等人，他們或會書畫、或會彈琴、或會裁花種樹，各有所寄託，絕不在功名利祿上鑽營，樂於淡泊安逸的平凡生活。

　　以上之傳統小說，係皆是由故事性較強的情節來構造全篇，且依起、承、轉、合的結構模式及其時序、因果關係等做安排，此與中國小說的起源發展，以及中國傳統文學有很大關聯。「**古代神話為後來小說的濫觴，無論中國外國都是如此。**」[7]我們雖不能謂神話就是小說，然小說起源於神話傳說，似已無可置疑。既是神話傳說，自然以故事為敘述主體，配合較幻象的情節來描述故事，便成為了〝小說〞。後雖幾經變革發展，尤其是明清章回小說，從宋元以講故事為主體的話本演變而來，故其情節仍保有較強的故事性。加上中國

---

7 郭箴一著、王雲五等編：《中國小說史》，（臺北：臺灣商務印書館，民七十七年二月），P.4。

第三章　小說情節之處理

傳統文學向以起、承、轉、合為文章的基本結構，這一些模式自然會影響中國傳統小說的發展，經過歷史長流演變，遂形成今日傳統小說的特點。

然現代小說創作的故事情節處理，可承襲傳統小說之特點，如前述之長鏈式形態的小說，即是如此。也可創新，如前述之意識流形態、性格式形態，以及框架式形態的小說即是。其與傳統小說最大的差異，即在於小說中的情節結構，並不受固定模式之時序、因果等所規範，其情節描寫亦非如傳統具有較強的故事性，故事僅是小說中的素材，而情節卻包含了作者之主觀情感與創作意向。

誠如英國小說家伊舍伍德說：

> 有好多好多的故事，只是故事而已，別無其他。你聽了以後會說：〝真緊張〞、〝真可笑〞，或說〝我真沒想到是那樣的結尾。〞你可以用自己的話給朋友重講一遍，也沒有什麼兩樣，只要你記住所有的重要情節，次序不弄亂。但是另外一種故事，你用自己的話永遠表達不盡。這種故事實際上是一個世界的有機部分，在那裏，每個句子都有助於喚起人物的話音，勾勒出環境、背景的氣氛與感覺。這故事大於生活，它是一個門徑，由此進入作者的世界。[8]

傳統小說即如前者之故事，而現代小說則如後者之〝永遠表達不盡〞的另一種故事。故小說不是用故事性的情節來構造，亦不是用情節去組成故事，而是以情節刻劃人物性

---

[8] 朱虹：《英美文學散論》，（北京：三聯書店，1984年），PP.119、120。

格，尤其是心理描寫，可直接表現出主題，如前述之框來凸顯作者和小說人物的內在情緒，如前述架式形態的小說則是。或是將情節淡化，使之向〝意境〞靠攏，以此之意識流形態小說即是。將這兩者加以交互運用，即如前述之性格式形態小說。此皆是現代小說在處理故事情節上，所開創現代化的一大特點。

二、真實度的增強與意蘊空間的拓展：

小說之創作，對於傳統情節中之幻想、浪漫、傳奇等部分，要謹慎採用，其題材盡可能取於現實的生活中，尤其是以落第文人、知識份子、農民、婦女等社會基層的無名小人物為主。截取他們事實的生活片斷，配合情節描述、刻畫，以凸顯他們的性格，他們的命運。

其創作手法採寫實方式較為吃香，因其作品皆具有相當真實性，背離傳統〝無巧不成書〞的情節組成模式，使情節能依現實生活中之常態發展，小說的表現就更加自然。亦不故意安排偶發事件，卻讓人物在必然狀態下，體現其命運，其情節發展亦更加合理。這種以具相當真實性，來描述基層廣大群眾普遍的情感，是最容易讓讀者感同身受，而引起共鳴，此等小說會深受喜歡的重要原因。

再者，小說之創作，對於情節的描敘，亦無需傳統小說之弩張劍拔的外在緊張，也不需要柳暗花明又一村的曲折。僅是平淡的日常生活場景，流淌著濃郁的原味氣息，展現在讀者面前，唯有細細品嚐，才能感受到作品深刻的內在緊張。這種推動故事情節向前發展之驅動力，其價值指向，可決定情節描敘的熱鬧與平淡。基本上，當其指向伸入描敘的

第三章　小說情節之處理

外部結構時，尤其是故事性較強的情節，其情節外在就顯得高潮疊起、曲折緊張、熱鬧非凡，而內在卻平淡無味，意蘊空間自然有限，傳統小說即是如此。故我們第一次欣賞傳統小說時，很容易就被其情節所吸引，然後哈哈大笑，或落下幾滴同情眼淚就沒了，這便是前述伊舍伍德所說的〝只是故事而已〞。然當其指向伸入描敘的內部結構時，尤其是刻畫人物性格或心理描寫，其現象就剛好顛倒，情節外在顯得平淡，內在卻緊張不已，但必須慢慢品嚐才能體會，其意蘊空間亦隨著讀者體會的深入而加以拓展，魯迅小說即是如此。

故我們第一次欣賞魯迅作品時，常有不知所云的感覺，[9]然多看幾次後，慢慢便能體會出其深邃的意蘊空間，進而讚嘆不已引人深思，當然並不是每一篇作品都如此。這便是前述伊舍伍德所說的〝永遠表達不盡的另一種故事〞。例如：同是描寫科舉制度的小說，傳統之《儒林外史》或《聊齋志異》中之〈書癡〉、〈織成〉等小說，僅止於揭示它的弊端和荒謬而已。而魯迅之〈孔乙己〉或〈白光〉等小說，除揭露科舉制度的弊端與荒謬外，更深入至底層挖掘其對人類生存能力的閹割，對正常人性的扭曲。並把它放置在具廣闊且冷漠之階級社會的環境中，以達到〝借一斑以窺全豹〞的效果。使小說之意蘊空間，由表層的善、惡，美、醜等之道德評判，深入至民族劣根性的審視，進而向民族、文化、社會、心理等方面，做無限度之拓展，此即小說創作上，在處理故

9　徐永泊第一次讀魯迅的〈示眾〉後批評說：「讀其中的一篇小說《示眾》，覺得很失望！私衷以為像那樣不知所云的東西……我詫異我們的魯迅先生究竟憑什麼而獲得此日了不得的地位？講作品是平平，早已不值得人們的注意了。」可惜徐氏並不知道魯迅小說最大的特色，即在於體會而不在於讀，光是讀尤其第一次，是沒辦法讀出其深邃的意蘊；原文載於上海《晨報》，民二十三年五月二日。

事情節之另一大特點。

　　綜上所論，小說情節的處理，不管是其結構、敘事、描寫、內容等，皆要善以交互運用，才能革新傳統模式，開創現代化的處理方法，尤其在故事真實度的增強與意蘊空間的拓展特別重要，因寫實手法容易讓讀者感同身受，而引起共鳴；而意蘊空間讓讀者有無限遐思，進而引人入勝，使之〝永遠表達不盡〞的另一種故事，此便是另一匠心獨運的特色。

第四章　小說時空之安排

所謂〝時空（Time and Space）〞，乃指時間與空間。金
健人說：

> 明可夫斯基把存在於特定時間與空間中的一個特定
> 點命名為〝世界點〞，整個世界也就是所有世界點的
> 集合體。在任何一個世界點上，時間和空間都不可分
> 割地結合在一起。每一種事物，都有一條由時空結合
> 的世界點所聯成的〝世界線〞，它就是每一單個存在
> 物在四維時空中發生、發展以至終結的歷史。每一個
> 人也無所例外地有這麼一條世界線，它起始於成為胎
> 兒的片刻，終止於死亡的瞬間。[1]

英·佛斯特也說：

> 在小說中，對時間的忠誠極為必要，沒有任何小說可
> 以擺脫它。……然而，小說家絕不可將時間自他的小
> 說結構中排除：他必須依循，不管多輕微，小說中故
> 事的發展路線而行。他必須觸及這條冗長無端的條
> 蟲。否則，他就會變得不可理解--這就小說創作而
> 言，是大忌。[2]

可見時間與空間是構成小說的要素之一，兩者相輔相
成，相互聯繫，不但不能分割，亦不可摒棄。空間就如舞臺，
而時間就如動力，沒有舞臺小說無從表演，沒有動力小說無
從進行，這好比照相機與攝影機所拍下之景物一樣，前者是
死的畫面，後者是活的畫面，故小說是因時間而有生命，而

---

[1] 金健人：《小說結構美學》，（臺北：木鐸出版社，民七十七年九月），
　P.52。
[2] 英·佛斯特著李文彬譯：《小說面面觀》，（臺北：志文出版社，1995
　年 12 月），P.45。

生命必須藉由空間才能展現。誠如傅騰霄說：

> 生活在這個世界上的人都會受到時間的困擾。作為文
> 學藝術體裁之一的小說，實在很難擺脫時間。[3]

又說：

> 時間，只有和空間配合，才能構成一個令人眼花撩亂
> 的藝術世界。否則，時間也只能是一條線而已。[4]

茲就小說對於時間的設計與空間的佈局，以及特色的運
用，列舉如下：

第一節　時間的設計

時間是一種很抽象的概念，只有通過具體事物的變化，
才能得到反映，使我們在這變化中，感覺到它的存在，故小
說家之時間，也就存在於他所描述事件的演變中。根據時間
與故事情節間的關係，小說時間應可分為外部時間與內部時
間兩種。茲說明如下：

一、外部時間：

所謂〝外部時間〞(External time)，金健人說：

> 作者於情節之外專門記錄的時間，它〝像氣候或大氣
> 層一樣包圍著〞情節，是情節與使之得以產生、發展

---

[3] 傅騰霄：《小說技巧》，（臺北：洪葉文化公司，1996 年 4 月），
　　P.143。
[4] 同前註，P.157。

的廣闊無邊的現實生活之間的通道或橋樑。它不直接進入情節，卻是情節的土壤。它不直訴讀者，讀者卻要據其檢驗作品與經驗世界的向背。它往往簡化為幾個數字加上年月日在作品中出現，作者卻要依此安排時代背景與情節距離。它以物理時間為基礎。[5]

可見小說之外部時間，乃作者在歷史長流中所選定的〝時段〞，這個時段之選定，即牽引著作者與讀者的動向，作者須依此安排情節背景，讀者則需據此來檢視作品。俄國作家托爾斯泰（Tolstoy, Leo 1828~1910）的《戰爭與和平》這篇小說，其之所以能成為不朽的巨著，與他選定一個特定的歷史事件〝一八一二年俄國反抗法國主帥拿破崙（Napoleon 1769~1821A.D.）侵略的神聖戰爭〞，實有絕對性的關係。由於這個特定之歷史時段，才能讓俄國主帥克拖（庫圖）佐夫（Kutuzov, Mikhail Illarionovich Knyaz 1745~1813）和拿破崙這樣的兩軍主帥決戰於沙場，亦讓老一輩的俄國貴族逐一躍上舞臺，使人們永遠難於忘懷〝一八一二年〞，這個時間的印記。[6]

可見托氏對於時段之選定，具有明確年月的標示，這不僅可增進作品的真實感，亦是景物描寫、季節變化的憑藉，尤其是通過年月之框架，以反映時代環境對人物的重大關係。當然，作者對於任何事物的標示愈具體明確，就愈要受其具體事物的限制，自然就越缺乏神祕感，亦越減少讀者的想像空間，兩者剛好成反比。像中國的傳統小說，就有大部

---

5 金健人：《小說結構美學》，（臺北：木鐸出版社，民七十七年九月），P.43。
6 俄・托爾斯泰著，紀彩讓譯：《戰爭與和平》（全二冊），（臺北：志文出版社，1994年8月）。

第四章　小說時空之安排

分作品是向來不重視外部時間，有的甚至模糊或錯亂其年譜。如《紅樓夢》開卷第一回，敘述《石頭記》來歷時，即謂：「第一件，無朝代年紀可考。」[7]而全篇描寫主角〝賈寶玉〞與〝林黛玉〞的戀情，以及賈府盛衰，實又歷經春、夏、秋、冬四季之變化。而《金瓶梅》這篇小說中，卻有不少年月歲時是前後錯亂的，誠如張竹坡所說：

> 《史記》中有年表，《金瓶》亦有時日也。開口云西門慶二十七歲，吳神仙相面，則二十九，到臨死，則三十三歲，而官哥則生於政和四年丙申，卒於政和五年丁酉，夫西門慶二十九歲生子，則丙申年，至三十三歲，該云庚子，而西門慶乃卒於戊戌。夫李瓶兒亦該云卒於政和五年，乃云七年。此皆作者故為參差之處。何則？……故特特錯亂其年譜，大約三、五年間，其繁華如此，則內云某日某節，皆歷歷生動，不是死板一串鈴，可以排頭數去，而偏又能使看者五色迷目，真如捱著一日日過去也。此為神妙之筆。嘻！技至此亦化矣哉！[8]

可見中西雙方對於小說外部時間的安排，各有其特點，前者以模糊其時間，以增強作品之意蘊空間。後者以明確其時間，以增加作品之真實感。

而魯迅小說對於外部時間的安排，亦有其技巧，他除《故事新編》的時段選在春秋戰國以前，其他《吶喊》、《彷徨》，以及〈懷舊〉等二十六篇小說，皆以民國前後所發生的事情，

7　清·曹雪芹：《紅樓夢》，（臺北：智揚出版社，民八十五年），P.2。
8　張竹坡：《天下第一奇書·金瓶梅讀法》第一冊，（臺北：里仁書局，民七十年一月三十日），PP.28、29。

做為描述時段。這段時間是中國面臨有史以來最大的浩劫，領土幾被列強國家瓜分，後又是軍閥割據，兵禍連連，民不聊生，凡我中國人民，無不對此段日子感觸良多，記憶猶深，故這段時間之選定是最能引起共鳴的時段。雖是如此，但魯迅不採用明確之年月，來增加其作品的真實感，他以前述之取材於現實生活中的廣大基層人物為主，以道出共同之悲哀，來令讀者感同身受，進而達到西方小說具真實感的特點。

另一方面他又採用中國傳統小說模糊其時間的特點，使作品之意蘊空間，隨著讀者的深入而加以拓大。如《吶喊》中之〈狂人日記〉，在開頭即謂：「亦不著月日，惟墨色字體不一，知非一時所書。」文中所涉及之時間有：「才知道以前的三十多年，全是發昏。」、〝今天〞、〝昨天〞、〝前天〞、〝前幾天〞、〝古來時〞、〝這幾天〞、〝四千年來〞等，此皆是籠統模糊的時間概念，並無準確標示那個時段，故其意蘊空間，能直接延伸至中國自古以來之〝傳統禮教都是吃人的〞這麼深邃，〝全中國人都深受其害〞這麼廣闊。〈藥〉所涉及的時間亦僅有：〝秋天的後半夜〞與〝這一年的清明〞這麼模糊，然其意蘊亦讓人深覺〝中國人自古以來就很迷信，並被迷信所殘害。〞，此便是他處理小說外部時間所善用的技巧。

由此可見，小說對於外部時間安排的技巧，即在於選定歷史長流中，較能引起共鳴的時段，且以模糊時間概念，來延伸其意蘊空間。

二、內部時間：

所謂〝內部時間〞（Internal time），金健人說：

第四章　小說時空之安排

作品中情節運動的順序性與連貫性，它以心理時間為基礎。[9]

可見小說之內部時間，乃作者在情節過程中，所安排的〝時序描述〞（順序性），它必須得力於情節發展的因果關係（連貫性）來推動，所形成之時間結構，又可分為封閉性與開放性兩種。法國作家居斯塔夫·福樓貝（Flaubert, Gustave 1821～1880）之《波（包）法利夫人》，從她在修道院的啟蒙教育、在侯爵家與子爵對舞、在農業展覽會上何多夫的表白、與何氏幽會和分手、在劇場巧遇雷翁、與雷氏的私通、高利貸主的逼債和向何氏求援被拒、最後絕望自殺等情節，正是靠著其發展的因果性來推動。如果沒有何多夫的表白，包法利夫人自無與其幽會，沒有幽會，自然也沒有分手，作者若無安排包法利夫人與雷翁的巧遇，自然亦不會發生私通之生活等，此皆是有因就有果的必然現象。

由此，這篇小說便在包孕著心理時間的一個個事件中，才使得包法利夫人的悲劇，能很有時間順序的展開，從局部之危機開始，依序必然性的走向毀滅，此便是小說之內部時間。當然，這種依〝過去〞、〝現在〞、〝將來〞之時間順序描述的框架，已被小說家所打破，他們尋求對小說時間上的超越，將過去、現在、將來三者交叉描述，或相互滲透，以解除時序在描述上的枷鎖。

魯迅《吶喊》中之〈故鄉〉開頭：

我冒了嚴寒，回到相隔二千餘里，別了二十餘年的故

9　金健人：《小說結構美學》，（臺北：木鐸出版社，民七十七年九月），P.43。

鄉。→現在

呵？這不是我二十年來時時記得的故鄉？→現在

我這次是專為了別他而來的。→現在

第二日清晨我到了我家的門口了。→現在

這時候，我的腦裡忽然閃出一幅神異的圖畫來：深藍的天空中掛著一輪金黃的圓月，下面是海邊的沙地，都種著一望無際的碧綠的西瓜，其間有一個十一、二歲的少年，項帶銀圈，手提一柄鋼叉，向一匹……這少年便是閏土。我認識他時，也不過十多歲，離現在將有三十年了。……→過去

此後又有近處的本家和親戚來訪問我。→現在

這來的便是閏土。雖然我一見便知道是閏土，但又不是我這記憶上的閏土了。→現在

老屋離我愈遠了。故鄉的山水也都漸漸遠離了我……→現在

我想到希望，忽然害怕起來了……我在朦朧中，眼前展開一片海邊碧綠的沙地來，上面深藍的天空中掛著一輪金黃的圓月……→將來

　　該篇小說中的時間表，是非常清晰的，它的內部時間一直在進行，從〝現在〞開始描述起，中間插敘著〝過去〞的回憶，結尾時又安排著〝將來〞的憧憬。三者雖相互交叉運用，卻不影響小說在總體上之時間進程，而其時間之推進，便靠著情節發展的因果關係為動力。

第四章　小說時空之安排

　　〈故鄉〉主要由三片情節所構成，第一片斷從回到相別二十幾年的故鄉之情形為起因。接著由聽到小時候的玩伴〝閏土〞要來，而引起第二片斷對童年回憶的描述這個果來。第三片斷從回憶中拉回現實，並描述與潤土見面的經過，及其回北京路上的情形。最後以〝我在朦朧中，眼前展開一片海邊碧綠的沙地來，上面深藍的天空中掛著一輪金黃的圓月〞，對將來充滿著希望結尾。此等皆是有因就必然有果的現象，由此對內部時間產生推移力量，而內部時間便依情節發展向前流動。

　　再者，前述之《包法利夫人》這篇小說，在時間結構上，是屬封閉式的，因它的故事情節描述，始終圍繞在包法利夫人身上轉，有起頭、有中間，亦有結尾，其結束時，各種矛盾衝突又均獲得解決，包法利夫人選擇自殺來解決一切事情，包法利醫生最後也死去。〝前此的〞無需追根，〝之後的〞亦不用刨底，一切問題與解答，皆可在本身的封閉世界裏，自給自足，故事的基本線索在小說結尾處，不留延伸的開口，此便是典型之封閉式結構。

　　中國之四大奇書：《三國志演義》、《水滸傳》、《西遊記》、《金瓶梅》，亦是這類典型的代表，基本上傳統小說大都以此類作品為主。當然，這種頭尾完整的封閉式結構，亦不能滿足於小說家求新求變的心態，後來乾脆將頭尾砍掉，其在時間結構上，便成了開放式。前述之《戰爭與和平》這篇小說，就是以其開放式結構而引起強烈的響應，它讓各種事件既能自然發展，又能相互聯結，讓讀者如同觀看一條河流中的一段，既不知發源地亦不知終止處，而故事的基本線索，在結尾處留下一個缺口，隨時可由讀者加以延伸。拖氏從1805年7月為起頭，描寫當時法國上流社會的情

景，至1820年止，描寫歐州歷經〝一八一二年的歷史事件〞
後，恢復平靜的情景，如要延伸仍可繼續寫下去。這種預留
讀者想像空間的手法，實有其高妙之處。誠如金健人所說的：

> 用不完整的時間段來表現完整的人生更符合藝術於
> 有限中顯無限的本性。[10]

魯迅小說在時間結構上，基本以開放式結構為主，如《吶
喊》中之〈狂人日記〉、〈明天〉、〈一件小事〉、〈頭髮
的故事〉、〈風波〉、〈故鄉〉、〈端午節〉、〈兔和貓〉、
〈鴨的喜劇〉、〈社戲〉，《彷徨》中之〈在酒樓上〉、〈幸
福的家庭〉、〈肥皂〉、〈長明燈〉、〈示眾〉、〈高老夫
子〉、〈傷逝〉、〈弟兄〉、〈離婚〉，《故事新編》中之
〈奔月〉、〈理水〉、〈出關〉、〈非攻〉、〈起死〉，以
及〈懷舊〉等小說，皆是此類作品。它們的首尾並不完整，
僅截取人生中的一個片斷，或一個事件來加以描述而已，〈狂
人日記〉僅取主角〝狂人〞發狂這段時間，〈明天〉僅取主
角〝單四嫂〞死了兒子的經過這段人生片斷，〈一件小事〉、
〈頭髮的故事〉、〈故鄉〉、〈兔和貓〉、〈鴨的喜劇〉、
〈社戲〉等六篇小說，亦僅描述作者生命中的一個事件，其
他各篇大抵皆如此。如果要讓它們的故事延伸，每一篇作品
均能繼續，〈狂人日記〉依舊可描述狂人病癒後的情況。單
四嫂亦可繼續她〝明天〞以後的事情，如紅鼻子老拱或藍皮
阿五如何的騷擾她生活。〈一件小事〉亦可延伸至第二件小
事或第三……等，可見此等小說在時間結構上，是屬開放式
無誤。

---

[10] 金健人：《小說結構美學》，（臺北：木鐸出版社，民七十七年九
月），P.40。

　　由此可見，小說對於內部時間安排的技巧，即在於不受任何模式、框架等的限制，善於交互運用，兼容並蓄，不管在時序上的描述，或時間結構上的安排，皆是如此。

第二節　空間的佈局

　　空間是小說的表演舞臺，是人物活動的實際場所。德國哲學家黑格爾（Hegel, Georg Wilhelm Friedrich 1770~1831）說：

> 人要有現實客觀存在，就必須有一個周圍的世界，正如神像不能沒有一座廟宇來安頓一樣。[11]

　　黑氏所謂的〝周圍世界〞（The world around us），正如金健人所指出的：

> 它應該包括三個方面的內容：一是地域的內容，它承擔著人物的活動，同時又限制著活動的範圍。二是社會的內容，它將人物與人物之間的關係統統網羅於內。三是景物的內容，它是地域內容與社會內容在作品中的具體化與形象化。[12]

　　小說空間，即在〝地域〞、〝社會〞，以及〝景物〞等三方面內容的相互滲透和互相結合，構成了場面的進行。而〝場面〞，據傅騰霄的釋義指出：「一定的人物，在一定的

11　德・黑格爾著，朱光潛譯：《美學》第三卷下冊，（北京：商務印書館，1979年11月），PP.12、13。
12　金健人：《小說結構美學》，（臺北：木鐸出版社，民七十七年九月），PP.58、59。

空間（環境）內活動所構成的畫面。」[13]而〝環境〞，自然包含地域環境和社會環境；〝人物〞，亦包含著人物和景物兩種。茲就小說對於地域、社會，以及景物的安排論述如下：

一、地域：

地域是小說空間中最基本，亦是最原始的要素，正如任何物體的空間存在，皆需以地域來加以界定一樣。故它是小說作品中，人物和事件，及其衝突之產生與發展的實際落腳處，把小說中所需的人物匯集起來，為他們的生離死別、思怨情仇提供一個基本前提。如曹雪芹為《紅樓夢》，安排〝大觀園〞這個地域空間，才能聚集一群青年女性步向舞臺，生動的各自表演他們悲劇一生。林語堂亦為《京華煙雲》，安排〝北京〞這個地域空間，才能更深刻體現〝浮生若夢〞之主題思想，道盡中國人生在這時代的辛酸。

可見地域空間的選擇，可使作品思想更加豐富，人物性格襯托得更加鮮明。當然，這種選擇，必受作品題材內容和作者生活經驗的制約。基本上，小說家都會有個最得心應手的地域空間，來描寫他們最熟悉、最了解的事物。張愛玲選擇了繁華〝上海〞，沈從文則選定〝湘西〞鄉土，來作為他們的地域空間，以匯集作品所需的人物，展開它們的生命之旅。

魯迅小說對於地域空間的選擇，亦有其特點，除《故事新編》因受限於歷史題材外，其餘《吶喊》、《彷徨》，以及〈懷舊〉等二十六篇作品，大都以〝紹興故鄉〞和〝北京

---

[13] 同前註，PP.63、64。

寓所〞為主。不過，魯迅所使用的地域，有的非常明確，有的則隱約不明。

　　明確部分：如《吶喊》中之〈孔乙己〉，是在魯鎮之咸亨酒店展開主角〝孔乙己〞的悲劇命運。〈明天〉亦在魯鎮之咸亨酒店，及其〝間壁〞房內，展開主角〝單四嫂〞的人生片斷悲劇。〈風波〉與〈社戲〉，在魯鎮的農村進行。《彷徨》中之〈祝福〉，亦在魯鎮展開主角〝祥林嫂〞悲慘的一生。《吶喊》中之〈故鄉〉，是在作者的故鄉（紹興）展開其回憶。〈一件小事〉、〈頭髮的故事〉、〈端午節〉，以及〈鴨的喜劇〉，在北京作者自己，或主角寓內進行。《彷徨》中之〈示眾〉，亦在北京街頭進行。〈在酒樓上〉則在S城的一石居酒樓，展開作者與主角〝呂緯甫〞的對話，細說主角過去。而〈孤獨者〉亦在S城進行。這其中之〝魯鎮〞，即是魯迅的故鄉〝紹興〞，在紹興東昌坊口，真有其〝咸亨酒店〞，還是魯迅之遠房本家開的。[14]而〝S城〞，據周遐壽（周作人）說亦是紹興。[15]

　　隱約部分：如《吶喊》中之〈狂人日記〉、〈藥〉、〈阿Q正傳〉與〈白光〉，並無明確指出地域空間，僅以象徵性場所為之。像〈狂人日記〉是在〝書房〞，〈藥〉在〝茶館〞，〈阿Q正傳〉在〝未莊〞，而〈白光〉主要在〝祖宅〞。不過從作品內容來探究，其地域空間應是以紹興故鄉為背景，因〈狂人日記〉文中所提「幾個人便挖出他的心肝來，用油煎炒了吃，可以壯壯膽子。」、「一直吃到徐錫林」（徐錫

14 許欽文：《吶喊分析》，（香港：南國出版社，出版日期不詳），P.21。
15 周遐壽（周作人）：《魯迅小說裏的人物》，（上海：出版公司，1954年4月），P.163。

林的〝林〞字與革命烈士徐錫麟的〝麟〞字音同，可能是魯迅故意安排的語誤。）、「去年城裡殺了犯人，還有一個生癆病的人，用饅頭蘸血舐。」和〈藥〉中之小栓因癆病，吃蘸烈士血的人血饅頭是一致的，而烈士夏瑜就義的地方，便是〝古□亭口〞。此與徐錫麟和秋瑾兩位烈士的就義有直接關係，據許欽文認為：「烈士夏瑜是影射秋瑾烈士的〝夏〞和〝秋〞相對著，〝瑜〞和〝瑾〞都從玉旁，也相像。」[16]

魯迅亦說：

> 這是徐錫麟，他留學回國之後，在做安徽候補道，辦著巡警事務，正合於刺殺巡撫的地位。大家接著就預測他將被極刑，家族將被連累。不久，秋瑾姑娘在紹興被殺的消息也傳來了，徐錫麟是被挖了心，給恩銘的親兵炒食淨盡。[17]

而秋瑾就義的地方，便是紹興大街上的〝古軒亭口〞，現在還立著秋瑾的紀念碑，且他們都是紹興人氏。可見〈狂人日記〉是在紹興作者的書房，進行其意識聯想。〈藥〉則在紹興之茶館，展開老栓夫婦的愚昧，及其革命烈士的悲哀。而〈阿Q正傳〉據田仲濟的考證，阿Q在魯迅故鄉確有其原型，名叫阿桂，專靠打雜短工為生，偶爾也偷點小東西，辛亥革命，他在紹興街上嚷著：「我們的時候來了，到了明天，我們錢也有了，老婆也有了。……。」可見〈阿Q正傳〉所指的未莊，即在紹興，展開其可悲又可笑的一生。至於〈白光〉之主角〝陳士成〞的縣考與掘藏，據周遐壽說：亦確有

16　許欽文：《吶喊分析》，（香港：南國出版社，出版日期不詳），P.26。
17　魯迅：〈朝花夕拾・范愛農〉《魯迅全集》第二卷，（北京：人民文學出版社編出，1993 年），P.310。

其人其事，這人本名周子京，是魯迅本家的叔祖輩。[18]可見〈白光〉亦是在紹興主角的祖宅，進行陳士成一生的悲劇。〈兔和貓〉與《彷徨》中之〈幸福的家庭〉，其地域空間亦不明確，只知在主角自己的寓內，各自進行其人生的片斷。不過，據周遐壽所指出，應是在北京無誤。[19]而〈傷逝〉主要在〝會館〞。〈弟兄〉主要是〝同興公寓〞。〈懷舊〉則在〝吾家家塾〞。據周遐壽說：〈傷逝〉所指的會館與〈弟兄〉所指的同興公寓，係是北京之紹興縣館，而〈懷舊〉之吾家家塾，則是魯迅紹興的故居。[20]

由此可見，小說對於地域空間的選擇，該採多樣化手法，有以明確指出其地域空間，以增進其作品的真實與親切。但相對的，由於明確，自然會受到其地域性環境（包含地理環境、人文社會環境等）的限制，就如林語堂不能選擇紹興來做為其《京華煙雲》的地域空間，而魯迅亦不能以北京做為其〈阿Q正傳〉的地域空間一樣。故其又有另一種以隱含或象徵性之地域空間，無明確地點的手法，這種手法雖較缺乏真實與親切，然卻可拓展其意蘊空間，讓讀者的想像力，各自替作品選擇一個最適當之場所，使小說地域空間達到最完善的選擇。至於所缺乏的真實與親切，可以取材方面來補足。

---

[18] 周遐壽（周作人）：《魯迅小說裏的人物》，（上海：出版公司，1954年4月），PP.122~127。

[19] 同前註，PP.127、128、175、176。

[20] 周遐壽（周作人）：《魯迅小說裏的人物》，（上海：出版公司，1954年4月），PP.139~144、194、196。

二、社會：

　　社會環境亦是小說空間中要素之一，可分為大小空間兩種，它不能獨立存在，必須和時間配合。社會之大空間若與時間之外部時間重合，即構成作品的時代背景。社會之小空間若與時間之內部時間重合，即構成作品的情節中場景。前者在小說的表現裏，是間接性體現，而後者則是直接顯示。社會空間對於小說情節的發展，有如海上燈塔，具有主導作用。誠如金健人說：

> 大空間是一定歷史時期或階段的一般社會畫面，它意味著全部社會關係的總和，在作品中猶如地心的吸力，雖然不是在在可見，卻也無所不在。它決定著人物的性格形成，支配著人物的命運變化。人物，當然也在同周圍的環境抗爭，他們也改變著自己的生存空間，但這種變革，一般在小空間上見出。而大空間的改變，則有賴生存於大空間的也即無數未進入作品的芸芸眾生。[21]

　　可見社會空間的選擇，就決定了小說人物的性格形成，及其命運歸宿，一切情節、場景之設計，皆不能脫離當時這個社會環境的範疇。不管人物如何與周圍環境抗爭，如何想改變自己生存空間，終究不能超越時代背景的限制，這就如我們不能在情節中，安排古代人物搭乘飛機一樣。當林語堂為《京華煙雲》的社會空間，選定了〝清末民初〞做為其時代背景，一切情節內容，就限定在這時段的社會環境內展

21　金健人：《小說結構美學》，（臺北：木鐸出版社，民七十七年九月），P.65。

開。不管馮紅玉、姚木蘭等人物，如何奮鬥、如何掙扎，終跳脫不了其約束，注定要在時間長流中浮沉，走向必然之命運，體現〝浮生若夢、富貴如雲〞的人生。

　　魯迅小說對於社會空間的選擇，除《故事新編》外，亦如《京華煙雲》以清末民初為其時代背景。所不同者，林氏以當時的上流社會為其題材，而魯迅則取材於基層社會，由此各自展開其人生之旅。如前所述，清末民初是中國面臨有史以來最大浩劫的時代，除外在因素被列強侵略、軍閥割據、戰禍不斷等外，其內在國民性更是要不得。上流社會的人物，一昧為私利明爭暗鬥，壓迫廣大的勞動群眾。而基層社會的平民百姓，是一副阿Q樣，任人宰割，任人剝奪。其觀念又受傳統思想（如君權、父權、夫權、神權迷信、三從四德、科舉等）的影響而根深蒂固，凡我中國人大都受其毒害，尤其婦女最甚，偏兩者皆不知悔醒，謀求對策。[22]

　　在這樣的一個社會空間，《京華煙雲》的馮紅玉、姚木蘭，或《吶喊》中之孔乙己、阿Q、陳士成，《彷徨》中之祥林嫂、子君等人物，能有更好的命運安排嗎？在這樣的一個時代背景，似乎就注定馮紅玉這個角色，要跳水自殺，姚木蘭要從富家變為村婦，淪落為普通農民的結局。而阿Q、祥林嫂等角色，亦注定他們需以死亡來結束其悲慘命運。

　　由此可見，社會空間有如一個框架，當小說家拿起這個框架，框住歷史長流中某一時段時，一切事物便需在這個框架內活動、發展，甚至老死於此，不能有特殊亦不能有例外。

---

22 中國幸有國父　孫中山、黃興等覺醒者，起而奮鬥、革命，前仆後繼，掃除外在因素；亦幸有魯迅、胡適等覺醒者，起而奮鬥、吶喊，前仆後繼，改變內在精神，始有今日之中國。

三、景物：

　　景物亦是小說空間中之一環，不論地域空間或社會空間，皆要通過景物因素予以外化，才能具體呈現在我們面前。《紅樓夢》中的大觀園，即靠著奇花爛漫、怪石拱立、亭臺水榭、怡紅院、瀟湘館，還有那成群女人的讀書寫字、作畫吟詩、或彈琴下棋等之具體景物描寫，才能讓讀者心中構築大觀園這個〝地域空間〞，既景深境闊，又意稠層密的鮮明形象。《京華煙雲》第二十二章中的旗人與芝麻之場景描述，雖非常簡短，卻也深刻反映當時這個〝社會空間〞的特定現象。

　　旗人在清朝，是一個特權階級，不是尊便是貴，更由國家直接撫養，何需怒容拍桌，撿芝麻吃呢？這就反映出社會的變遷，旗人失勢又無力謀生的下場，此正是辛亥革命成功後的社會現象。故小說空間總在作品中被具體化為景物，呈現在我們眼前，展示或反映其特定的意義。傅騰霄說：

> 為什麼我們在談到小說塑造的特定空間時，要十分注意小說中的景物描寫呢？因為景物所包含的意蘊，無論在中國小說還是外國小說中都有著十分重大的意義。小說地域空間的特色，社會背景的內涵，常常在作家的景物描寫中，被高度形象化地顯示出來。不但色彩絢麗的景物塗抹可以外化顯示，就連未著一字的空間空白，有時也能深深啟發讀者想像，絕妙地加以藝術隱現。[23]

---

[23] 傅騰霄：《小說技巧》，（臺北：洪葉文化公司，1996 年 4 月），

可見景物的描寫，無論如《紅樓夢》之大觀園般的細膩燦爛，或如《京華煙雲》之旗人與芝麻般的簡短，皆有其包含的意蘊，縱籠統到僅一處所、一斷橋，或一草一木，至少也是一種提示，以喚起讀者聯想，將未曾寫出的景物予以補足。

魯迅小說的描寫，向以簡練見稱，正如他自己所說的：

> 我力避行文的嘮叨，只要覺得夠將意思傳給別人了，就寧可什麼陪襯拖帶也沒有。中國舊戲上，沒有背景，新年賣給孩子看的花紙上，只有主要的幾個人（但現在的花紙卻多有背景了），我深信對於我的目的，這方法是適宜的，所以我不去描寫風月，對話也決（絕）不說到一大篇。[24]

可見魯迅小說的描寫，主要在於將意思傳給別人就好，不多做其他敘述，尤其是風花雪月，故其景物的描寫，固然簡短，卻能烘托情節，營造出氣氛。如《吶喊》中之〈狂人日記〉，首先即以「今天晚上，很好的月光。」起頭，想想一輪明月高掛天空，大地一片濛濛的銀光色，這是多美的景物描寫，如果冠上〝愛情類〞的標題，就不止是美而且浪漫。但在〝狂人日記〞的標題下，這份美感全然消失，所取代的是一份淒涼、一份陰森的感覺，再加上一句「趙家的狗，何以看我兩眼呢？」即將整篇陰淒恐怖的氣氛營造起來。一本「陳年流水簿」亦勾出中國四千年歷史，一隻「海乙那」的描述，即讓人感覺到吃人不見骨頭的可怕，襯托著「歪歪斜

P.167。
[24] 魯迅：〈南腔北調集・我怎麼做起小說來〉《魯迅全集》第四卷，（北京：人民文學出版社編出，1993年），P.512。

斜的每頁上都寫著〝仁義道德〞……〝吃人〞」便將中國四千年來禮教吃人歷史的主題，深刻揭露出來。

〈孔乙己〉一落筆，亦由景物開頭，描寫咸亨酒店裏的格局與〝短衣幫〞、〝穿長衫〞不同的位置等，以營造那單調、隔閡、無聊、冷漠的人際關係和嚴酷社會環境，以構成一種高壓逼迫的氣勢，接著再介紹主角〝孔乙己〞之特點、言語、外貌等。可以想像的，一個落魄文人置身於一個這樣環境，就注定其一生悲慘的命運。這篇小說雖短，然魯迅仍不忘騰出不少筆墨，來描寫孔乙己善良的一面，他教小伙計寫字、分茴香豆給小孩吃等，以獲得讀者好感，尤其是他從不拖欠酒錢，這固然是他為自己信譽和尊嚴所做之努力，但畢竟是值得肯定的。然很無奈的，他死時還欠酒店十九個錢，連這點努力也未能貫徹，由此更顯示出其一生的悲劇性，亦更讓讀者產生無限同情，這便是魯迅運用反諷技巧高妙的地方。

〈阿Q正傳〉中之「村外多是水田，滿眼是新秧的嫩綠，夾著幾個圓形的活動的黑點，便是耕田的農夫。阿Q並不賞鑒這田家樂。」的景物描寫，亦是魯迅所運用之反諷技巧。這麼美麗的風景，主角〝阿Q〞何以不欣賞呢？原因仍在於阿Q正受饑餓壓迫，那有心情鑒賞，由此便顯示阿Q雖一天到晚辛勤的工作，還時時被挨打，只能靠精神勝利法來自我安慰，然仍無法逃離饑餓的悲慘下場，尤其是在尼姑庵被〝肥大的黑狗〞追咬那一幕描寫，更襯托出阿Q的狼狽相與窘境無奈。

〈兔和貓〉中，以〝兔〞來代表弱者，以〝貓〞來代表強者，弱肉強食由此襯托得格外鮮明。而《彷徨》中之〈肥

皂〉、〈長明燈〉，即以〝一塊肥皂〞或〝一盞長明燈〞，
來做為情節發展的線索。

　　由此可見，小說對於景物的描寫，不僅是簡練而且多
樣，除善於將景物和標題相互為用，互相烘托，亦善於景物
的反諷技巧，來深刻反映主題，以及取景物做為情節發展的
線索。

第三節　特色的運用

　　小說之時間與空間的安排，其特色的運用如下二大特
點：

一、在時間方面：

　　小說在歷史長流中，宜採較能引起讀者共鳴之時段，且
以模糊時間概念，來延伸其意蘊，尤其是在時序描述或時間
結構上，更採交互運用兼容並蓄的技巧，使小說跳離傳統窠
臼，另創一番風貌。

二、在空間方面：

　　小說在空間上，亦善採多樣化手法，不管明確或隱含的
空間，皆能兼顧，使作品在真實感與讀者的想像空間上並
重，尤其是以簡練的筆法，相互烘托的景物和標題，以及反
諷技巧等，均能使小說別具一格。

　　綜上所論，小說時空的安排，宜採較能引起讀者共鳴的

時段，尤其是以模糊時間概念，來延伸其意蘊。並採多樣化手法，來兼顧明確或隱含的空間，使作品在真實感與讀者的想像空間上能並重，才能引起讀者共鳴與滿足其想像中的理想，此便是又另一匠心獨運的特色。

第五章　小說人物之塑造

　　小說主要係由主題、故事、人物，以及時空等來表現。主題是小說的精神、是思想的重心，它非常抽象，若沒有故事和人物的助力，就無從展示。故事雖有莫大功能，但它只不過是事物的發展過程，它必須借助人物的動力來推動才能多彩多姿。可見人物是構成小說不可缺少的元素，更是小說的推動力，小說中若沒有人物，則無法引發事件，沒有事件，其情節自然也無法展開。故每一個作家在寫小說之前，一定先得選擇佈局中的人物，考慮這些人物的個性是否適當，其對人物的觀察愈細，瞭解越多，就愈能掌控，描述時就更為順手。當然並非作家所瞭解的，一定要毫不保留的寫出，有時只勾勒其重要部分，以突出其形象，比全部敘述更有意蘊，更為深刻。

　　例如魯迅《吶喊》中〈白光〉之主角〝陳士成〞的原型〝周子京〞，論其所受的苦比魯迅筆下之陳士成要悲慘得多，他不但秀才沒考取，藏銀掘不著，連錢財也被媒婆騙得精光，最後以剪刀戳破自己的氣管，以煤油燃燒自己，再投河自盡，其死狀可謂慘不忍睹。[1]一般作家向來喜歡這種驚心動魄的悲劇，尤其是譴責小說如：吳沃堯《劫餘灰》裏的抽打主角〝朱婉貞〞之場面，劉鶚《老殘遊記》裏的酷吏逼刑〝魏謙〞與〝賈魏氏〞之場面，皆描寫得淋漓盡致。但魯迅則不然，他捨棄全部具體的描述，只取特定部分加以發揮，以能凸顯其〝科舉制度的弊害〞之主題即可，這便是魯迅貫用的手法。誠如他說：

　　　　所寫的事蹟，大抵有一點見過或聽到過的緣由，但決

---

[1] 周遐壽（周作人）：《魯迅小說裏的人物》，（上海：出版公司，1954年4月），PP.122~127。

（絕）不全用這事實，只是采（採）取一端，加以改造，或生發開去，到足以幾乎完全發表我的意思為止。人物的模特兒也一樣，沒有專用過一個人，往往嘴在浙江，臉在北京，衣服在山西，是一個拼湊起來的腳色。有人說，我的那一篇是罵誰，某一篇又是罵誰，那是完全胡說的。[2]

　　可見魯迅小說大抵只取一點事實的緣由而加以發揮，並綜合相關人物特點，來塑造小說中之人物形象，使其賦有〝個性〞和〝共性〞的含義，除造就個人所獨立具有的特徵外，亦有與一般人普遍性所具有的特徵。如《吶喊》中〈阿Q正傳〉的主角〝阿Q〞，他具有〝眼高手低、欺善怕惡〞之獨立的個性特徵，也有人類性格上，所普遍存在的〝心理補償作用（精神勝利法）〞之共性特徵。故能令人讀之易於產生共鳴，這也就是為何讀者總覺得，魯迅小說像在影射自己，或像在罵某人一樣的原因，此便是他最成功地方。誠如涵廬（高一涵）說：

　　我記得當《阿Q正傳》一段一段陸續發表的時候，有許多人都栗栗為懼，恐怕以後要罵到他的頭上。並且有一位朋友，當我面說，昨日《阿Q正傳》上某一段仿彿就是罵他自己。因此……凡是《阿Q正傳》所罵的都以為就是他的陰私。凡是與登載《阿Q正傳》的報紙有關係的投稿人，都不免做了他所認為《阿Q正傳》的作者的嫌疑犯了！等到他打聽出來《阿Q正傳》的作者名姓的時候，他才知道他和作者素不相識，因

2　魯迅：〈南腔北調集・我怎麼做起小說來〉《魯迅全集》第四卷，（北京：人民文學出版社編出，1993年），P.513。

此，才恍然自悟，又逢人聲明說不是罵他。[3]

至於作家塑造小說中的人物形象，向有很多種方法，據小說家吳念真的看法是：

其一，直接描述法：有的人是直接把人物交代出來，在開頭時便把故事中人物穿著、相貌、職業、個性，作一個介紹。

其二，戲劇方法：不直接描述，作者讓小說人物透過自己本身的語言和行為來表現自己。也就是很自然的從人物的語言、動作中刻畫出來。

其三，小說人物談小說人物。藉著小說人物的相互談論，把另一個人物給刻畫出來。[4]

而傅騰霄也劃分為人物的肖像描寫、人物的行動描寫、細節描寫、人物的語言描寫、人物的心理描寫等五部分，[5]兩者除人物的心理描寫不同外，其餘的看法大致相同，另一人物姓名的制定，筆者認為亦是屬人物形象塑造中之一環。由此，本單元將以人物之姓名的制定、肖像的刻畫、行動的敘述、心理的描繪、語言的書寫，以及特色的運用等項，來加以探討小說中的人物形象之塑造。茲論述如下：

---

[3] 涵廬（高一涵）著、陳源等編：〈閑話〉《現代評論》第四卷第八十九期，（北京：新月社發行，民十五年八月二十一日）。

[4] 作家吳念真對於小說中人物形象之塑造的看法，係接受黃武忠的訪問時所說。請參見黃武忠：《小說家談寫作技巧~當代小說家訪問錄》，（臺中：學人文化公司，民六十九年八月），PP.58、59。

[5] 傅騰霄：《小說技巧》，（臺北：洪葉文化公司，1996年4月），PP.55~100。

第一節 姓名的制定

大凡任何東西，我們皆會賦予它一個名稱，以使彼此間瞭解其所指向的事物，這個名稱，不僅代表著此件東西，亦指出其特徵。如杯子這個名稱，除代表著其本身的實體外，也指出其具有容量的特徵。電燈這個名稱，除代表著其本身的實體外，同時亦指出其具有照明的特徵。人物之姓名，也是如此，除代表著其人本身外，亦可從姓名中，知道這人的大概。此即〝望文生訓〞，一見名字，就頗能知道該人為何。像〝阿貓〞、〝阿狗〞的名字，除是代表其人本身外，亦讓人感覺到其出身下層社會，屬鄉下土包子這類的人。〝孔夫子〞、〝孟夫子〞這個名字，除代表其人本身外，也讓人知道其為上流社會的知識份子。如果我們將其角色互調，似乎就不盡合理，當然亦有例外或諷刺者，不過大抵是如此。可見姓名之制定，對於人物形象的塑造，具有直接影響，它對讀者認識這號人物，起了先導作用，故作家在為小說中的人物命名時，就不得不慎重。

魯迅便是這方面的能手，尤其是以能反映此號人物的形象為主。像《吶喊》中：〈孔乙己〉的主角〝孔乙己〞、〈端午節〉的主角〝方玄綽〞、〈白光〉的主角〝陳士成〞。《彷徨》中：〈在酒樓上〉的主角〝呂緯甫〞、〈肥皂〉的主角〝四銘〞、〈高老夫子〉的主角〝高老夫子〞，以及〈懷舊〉的主角〝禿先生〞等姓名，望文生訓，即知道此皆是屬於知識份子這類的形象，尤其是高老夫子、禿先生這種名字，一見即知道是為人師者。

《吶喊》中：〈明天〉的主角〝單四嫂〞、〈故鄉〉的

〝楊二嫂豆腐西施〞。《彷徨》中：〈祝福〉的主角〝祥林嫂〞，以及〈離婚〉的主角〝愛姑〞等這些名字，一見亦即知是屬於婦女形象這類的人物，尤其像豆腐西施，就知道她是一位在賣豆腐的婦女。

《吶喊》中：〈藥〉的〝華老栓夫婦〞、〈風波〉的〝九斤老太〞與〝七斤夫婦〞及〝六斤〞、〈故鄉〉的〝閏土〞、〈阿Q正傳〉的主角〝阿Q〞。《彷徨》中：〈祝福〉的〝賀老六〞，以及〈離婚〉的〝莊木三〞等名字，皆帶有濃厚的鄉村氣息，屬農民形象這類人物，其中之九斤、七斤、六斤，又有著長幼的順序，而阿Q這個名字更帶有滑稽味。

《吶喊》中：〈阿Q正傳〉的〝趙太爺〞與〝錢太爺〞。《彷徨》中：〈祝福〉的〝魯四老爺〞、〈離婚〉的〝慰老爺〞與〝七大人〞等名字，一看便知是屬地主官僚這類的形象。

由此可見，小說中人物姓名的制定，以能反映這號人物形象為主，以助長其對人物形象的塑造，讓讀者望文生訓，即知道此人之大概。

第二節　肖像的刻畫

肖像的刻畫在人物形象塑造中，是最主要，也是最直接的手法，它讓讀者直接看到作品中的人物形象，無需推測揣摩。尤其是中國傳統小說對於肖像之塑造，傾向於靜態描繪，在人物一出場時即做綜合性介紹，從性情、身材、面貌、服飾等，一一敘述。像《三國演義》中的〝劉備〞一出場即介紹說：

那人不甚好讀書。性寬和，寡言語，喜怒不形於色。素有大志，專好結交天下豪傑。生得身長八尺，兩耳垂肩，雙手過膝，目能自顧其耳，面如冠玉，唇如塗脂，中山靖王劉勝之後，漢景帝閣下玄孫：姓劉，名備，字玄德。[6]

《紅樓夢》中的〝王熙鳳〞亦是如此：

> 彩繡輝煌，恍若神妃仙子。頭上戴著金絲八寶攢珠髻，綰著朝陽五鳳掛珠釵。項上戴著赤金盤蝶纓絡圈。身上穿著縷金百蝶花大紅雲緞窄褃襖，外罩五彩刻絲石青銀鼠褂。下著翡翠撒花洋縐裙。一雙丹鳳三角眼，兩灣柳葉掉梢眉。身量苗條，體格風騷。粉面含春威不露，丹唇未啟笑先聞。[7]

此種肖像描繪方式，令人對小說中的人物性格一目瞭然，一開始即有強烈印象。雖然有些作家並不做全面性的描繪，僅取一端由局部性著手，以凸顯其肖像上之特徵。如《儒林外史》中對〝范進〞的描繪：

> 落後點進一童生來，面黃肌瘦，花白鬍鬚，頭上戴一頂破氈帽。[8]

這固是簡短的幾句，卻把范進所扮演「窮愁潦倒的老生」這個角色之肖像勾勒出來。再配合一些動態上描寫：「凍得乞乞縮縮接了卷子」、「那衣服因是朽爛了，在號裏又扯破

6 明・羅貫中：《三國演義》，（臺北：智揚出版社，民八十五年），P.20。
7 清・曹雪芹：《紅樓夢》，（臺北：智揚出版社，民八十五年），P.22。
8 清・吳敬梓：《儒林外史》，（臺北：智揚出版社，民八十三年），P.29。

了幾塊。」[9]等，范進落魄的形象就更加深刻。亦有些作家不直接描繪人物，而藉由別人的口中，來展示其肖像。如吾師吳宏一教授《歸來》中之：

> 村中的人樸素中還是帶著熱情。〝噢，你越長越高了。〞〝身體比以前壯多了。〞他們都這麼說。可是我的母親卻不這麼說，她說：〝看，又瘦多了，這次回家該多休息幾天啦。〞[10]

如此便將主角的肖像勾出一端，同時也將母愛展露無遺。

以上這三種描寫方法，即是小說理論中的〝整體式描繪〞（或謂明敘法）如《三國演義》、《紅樓夢》等則是，〝局部性描繪〞如《儒林外史》等則是，以及〝烘雲托月式描繪〞（或謂暗敘法）如《歸來》等則是。基本上，作家對於小說中人物肖像的塑造，最常見者便是此三種手法，另有一種遺傳法較為少見。茲列舉如下：

一、整體式描繪：

所謂〝整體式描繪〞（Description of the overall style），係指「作家對所寫人物的全面介紹。即並不侷限於對人物一眼一眉的描摹，而是寫出人物的全貌，包括人物的衣著、手腳、神態等等。」[11]如魯迅《吶喊》之〈故鄉〉。《彷徨》

9　清・吳敬梓：《儒林外史》，（臺北：智揚出版社，民八十三年），P.29。

10　吳宏一著、余光中等編：〈歸來〉《中國現代文學大系》散文第二輯，（臺北：巨人出版社，民六十一年一月），P.65。

11　傅騰霄：《小說技巧》，（臺北：洪葉文化公司，1996年4月），

之〈祝福〉、〈在酒樓上〉、〈長明燈〉、〈孤獨者〉。《故事新編》之〈起死〉等作品中的主要人物肖像，即屬這方面的描繪。

〈故鄉〉中的〝閏土〞，魯迅在他出場時即介紹說：

> 他身材增加了一倍；先前的紫色的圓臉，已經變作灰黃，而且加上了很深的皺紋；眼睛也像他父親一樣，周圍都腫得通紅，這我知道，在海邊種地的人，終日吹著海風，大抵是這樣的。他頭上是一頂破氈帽，身上只一件極薄的棉衣，渾身瑟索著；手裏提著一個紙包和一支長煙管，那手也不是我所記得的紅活圓實的手，卻又粗又笨而且開裂，像是松樹皮了。[12]

如此便概略的將一位農民肖像顯示出來。再配合魯迅回憶他童年時的描述：

> 紫色的圓臉，頭戴一頂小氈帽，頸上套一個明晃晃的銀項圈，這可見他的父親十分愛他，怕他死去，所以在神佛面前許下願心，用圈子將他套住了。他見人很怕羞，只是不怕我。[13]

尤其是那動態的描繪：

> 深藍的天空中掛著一輪金黃的圓月，下面是海邊的沙地，都種著一望無際的碧綠的西瓜，其間有一個十一二歲的少年，項帶銀圈，手捏一柄鋼叉，向一匹？盡

P.61。
[12] 魯迅：〈吶喊·故鄉〉《魯迅全集》第一卷，（北京：人民文學出版社編出，1993年），PP.481、482。
[13] 同前註，P.478。

力的刺去。[14]

這就把兩幅相隔近三十年的肖像疊印一起，使讀者強烈感受到閏土的變化。這種變化讓我們深刻體會到農民辛苦生活對他的影響，尤其在兩幅肖像之對照下，通過活潑矯捷的少年閏土到像木偶人般的中年閏土，由這兩者間之巨大變化，便揭示了他生活的全部艱辛。另一號人物，〝豆腐西施楊二嫂〞的描繪，亦是屬整體式：「我吃了一嚇，趕忙抬起頭，卻見一個凸顴骨，薄嘴唇，五十歲上下的女人站在我面前，兩手搭在髀間，沒有繫裙，張著兩腳，正像一個畫圖儀器裏細腳伶仃的圓規。」[15]

〈祝福〉中的主角〝祥林嫂〞，魯迅以三個不同時期，來塑造她三幅不同肖像。第一幅係在第一任丈夫過逝後，從婆家逃出時的描繪：

頭上紮著白頭繩，烏裙，藍夾襖，月白背心，年紀大約二十六七，臉色青黃，但兩頰卻還是紅的；衛老婆子叫她祥林嫂，說是自己母家的鄰舍，死了當家人，所以出來做工了。四叔皺了皺眉，四嬸已經知道了他的意思，是在討厭她是一個寡婦。但看她模樣還周正，手腳都壯大，又只是順著眼，不開一句口，很像一個安分耐勞的人，便不管四叔的皺眉，將她留下了。試工期內，她整天的做，似乎閒著就無聊，又有力，簡直抵得過一個男子，所以第三天就定局，每月

---

14 魯迅：〈吶喊・故鄉〉《魯迅全集》第一卷，（北京：人民文學出版社編出，1993年），P.477。
15 同前註，P.480。

工錢五百文。[16]

　　這一幅肖像，前半部是以整體式來描寫，後半部則以烘雲托月式來塑造（見以下說明）。第二幅係在第二任丈夫和孩子過逝後，被其大伯趕出時的描繪：

> 她仍然頭上紮著白頭繩，烏裙，藍夾襖，月白背心，臉色青黃，只是兩頰上已經消失了血色，順著眼，眼角上帶些淚痕，眼光也沒有先前那樣精神了。[17]

第三幅係在她死前時的描繪：

> 五年前的花白的頭髮，即今已經全白，全不像四十上下的人。臉上瘦削不堪，黃中帶黑，而且消盡了先前悲哀的神色，仿佛是木刻似的；只有那眼珠間或一輪，還可以表示她是一個活物。她一手提著竹籃，內中一個破碗，空的；一手拄著一支比她更長的竹竿，下端開了裂：她分明已經純乎是一個乞丐了。[18]

　　如此不同的三幅肖像，便呈現出祥林嫂外貌的深刻變化，留下十幾年的歲月痕跡。這種將現在與過去做對照之寫法，最能揭示其艱苦的生活歷程與心靈創傷。

　　〈在酒樓上〉中的主角〝呂緯甫〞，魯迅在他出場時亦即介紹說：

> 面貌雖然頗有些改變，但一見也就認識，獨有行動卻

---

16 魯迅：〈彷徨‧祝福〉《魯迅全集》第二卷，（北京：人民文學出版社編出，1993年），PP.10、11。
17 同前註，P.15。
18 同前註，P.6。

變得格外迂緩，很不像當年敏捷精悍的呂緯甫了。[19]

接著再繼續介紹說：

> 細看他相貌，也還是亂蓬蓬的鬚髮；蒼白的長方臉，
> 然而衰瘦了。精神很沉靜，或者卻是頹唐；又濃又黑
> 的眉毛底下的眼睛也失了精采。[20]

如此簡短的兩段描繪，就將他過去與現在的肖像概括出來，表現其當年的意氣風發，而今卻是頹喪不得志之情況，使人產生對舊社會問題的省思。

〈長明燈〉中的主角〝他〞，魯迅以：

> 黃的方臉和藍布破大衫，只在濃眉底下的大而且長的
> 眼睛中，略帶些異樣的光閃，看人就許多工夫不眨
> 眼，並且總含著悲憤疑懼的神情。短的頭髮上粘著兩
> 片稻草葉，那該是孩子暗暗地從背後給他放上去的。
> [21]

這麼精簡的描繪，便把一位瘋人之肖像概括出來。

〈孤獨者〉中的主角〝魏連殳〞，魯迅亦以：

> 原來他是一個短小瘦削的人，長方臉，蓬鬆的頭髮和
> 濃黑的鬚眉占了一臉的小半，只見兩眼在黑氣裏發

---

[19] 魯迅：〈彷徨·在酒樓上〉《魯迅全集》第二卷，（北京：人民文學出版社編出，1993年），P.26。

[20] 同前註。

[21] 魯迅：〈彷徨·長明燈〉《魯迅全集》第二卷，（北京：人民文學出版社編出，1993年），PP.59、60。

光。[22]

的簡短描繪，便把一位頹喪還帶著一點悲憤的肖像概括出來。

　　〈起死〉中的主角〝莊子〞之「黑瘦面皮，花白的絡腮鬍子，道冠，布袍，拿著馬鞭。」[23]的描繪。與〝司命〞之「司命大神道冠布袍，黑瘦面皮，花白的絡腮鬍子，手執馬鞭。」[24]的描繪，魯迅皆以簡短幾句，便把他們的肖像概括出來。

二、局部性描繪：

　　所謂〝局部性描繪〞(Description of the portion style)，係指「作家對所寫人物的肖像的最有特徵性部位的著意描摹。有點像電影中的特寫鏡頭，最能體現出人物的性格特徵。」[25]如魯迅《吶喊》之〈藥〉、〈明天〉、〈頭髮的故事〉、〈風波〉、〈白光〉。《彷徨》之〈幸福的家庭〉、〈傷逝〉。《故事新編》之〈理水〉，以及〈懷舊〉等作品中的主要人物肖像，即屬這方面的描繪。

　　〈藥〉中的〝華老栓夫婦〞在作品上，係屬襯托〝血饅頭〞事件之角色，其形象主要在表現〝純樸的鄉下人〞與〝天下父母心〞而已，無需對其肖像做全面性描繪。故魯迅採取局部性手法，僅以劊子手〝康大叔〞手提一個鮮紅的饅頭，

22 魯迅：〈彷徨·孤獨者〉載於同前註，P.88。
23 魯迅：〈故事新編·起死〉《魯迅全集》第二卷，（北京：人民文學出版社編出，1993 年），P.469。
24 同前註，P.470。
25 傅騰霄：《小說技巧》，（臺北：洪葉文化公司，1996年4月），P.62。

「站在老栓面前，眼光正像兩把刀，刺得老栓縮小了一半。」以及「兩個眼眶，都圍著一圈黑線。」[26]這兩段簡短描寫，便把純樸老栓那一份驚恐不安和為孩子而徹夜失眠的肖像展示出來。配合「華大媽在枕頭底下掏了半天，掏出一包洋錢，交給老栓，老栓接了，抖抖的裝入衣袋，又在外面按了兩下。」[27]的動態描寫，即將一對純樸善良的父母，為治孩子的病，不惜用盡所有積蓄，並徹夜不眠不休照顧孩子、擔心孩子之形象，表現得淋漓盡致。

〈明天〉雖以主角〝單四嫂〞的人生片斷為背景，但魯迅主要係在揭露舊社會人性的黑暗面。故單四嫂所應表現之肖像特徵，即在於〝善良好欺〞便可，而魯迅以「單四嫂……我早經說過：她是粗笨女人」[28]這一句簡短的描繪，即達到此目的。

〈頭髮的故事〉中之〝N先生〞在作品上，係屬襯托〝頭髮〞事件的角色，藉由與主角〝我〞的談論，來揭開辛亥革命成功僅是換湯不換藥的主題。故N先生所應表現之肖像特徵，僅止於〝滿腹牢騷〞即可，而魯迅亦以簡潔的「這位N先生本來脾氣有點乖張，時常生些無謂的氣，說些不通世故的話。」[29]便達到目的。

〈風波〉中的〝趙七爺〞在作品上，係屬襯托〝頭髮風波〞事件之角色，其形象主要在表現〝具有社會地位份量的

---

26 魯迅：〈吶喊‧藥〉《魯迅全集》第一卷，（北京：人民文學出版社編出，1993年），PP.441、444。
27 同前註，P.440。
28 魯迅：〈吶喊‧明天〉《魯迅全集》第一卷，（北京：人民文學出版社編出，1993年），P.456。
29 魯迅：〈吶喊‧頭髮的故事〉《魯迅全集》第一卷，（北京：人民文學出版社編出，1993年），P.461。

人〞，以呼應〝七斤嫂〞依其穿著打扮，來判斷皇帝是否坐了龍庭，進而得知〝七斤〞的安危。故魯迅仍採局部性手法，以簡短一段「趙七爺是鄰村茂源酒店的主人，又是這三十里方圓以內的唯一的出色人物兼學問家；因為有學問，所以又有些遺老的臭味。」[30]便把趙七爺的身份地位展現出來。

〈白光〉雖亦以主角〝陳士成〞的人生為背景，但其主題係在揭露舊社會科舉制度的弊害。故陳士成所應表現之肖像特徵，即在於〝發瘋〞這部分，魯迅便以「臉色越加變成灰白，從勞乏的紅腫的兩眼裏，發出古怪的閃光。」[31]就勾勒出其精神處於分裂崩潰邊沿。後又以「開城門來～～，含著大希望的恐怖的悲，游絲似的在西關門前的黎明中，戰戰兢兢的叫喊。」[32]之動態描寫，陳士成發瘋的形象就完全展現。

〈幸福的家庭〉中之〝主婦〞那「兩只陰淒淒的眼睛」當它與五年前「笑迷迷的掛著眼淚」[33]的眼睛相互比照時，即凸顯出理想對於現實之無奈。

〈傷逝〉中的男主角〝史涓生〞與〝子君〞，魯迅僅以「在久待的焦躁中，一聽到皮鞋的高底尖觸著磚路的清響，是怎樣地使我驟然生動起來呵！於是就看見帶著笑渦的蒼白的圓臉，蒼白的瘦的臂膊，布的有條紋的衫子，玄色的裙。」

30　魯迅：〈吶喊・風波〉《魯迅全集》第一卷，（北京：人民文學版社編出，1993年），P.470。

31　魯迅：〈吶喊・白光〉《魯迅全集》第一卷，（北京：人民文學版社編出，1993年），P.542。

32　同前註，P.547。

33　魯迅：〈彷徨・幸福的家庭〉《魯迅全集》第二卷，（北京：人民文學版社編出，1993年）PP.37、41。

34之描繪，即勾劃出男主角等待戀人的心情與女主角的形象。

　　〈理水〉中的主角〝大禹〞之「面貌黑瘦」、「乞丐似的大漢，面目黧黑。」35〈懷舊〉中的〝金耀宗〞之「居左鄰，擁巨資。而敝衣破履，日日食菜，面黃腫如秋茄。」36皆是魯迅以局部性手法，勾勒其肖像特徵。

三、烘雲托月式描繪：

　　所謂〝烘雲托月式描繪〞(Through contrast) Provide a foil for a character or incident in a literary of artistic work to describe)，係指「作家不直接描繪人物，而是透過別人的口述或是言論、行動來曲折地加以表現。」37如魯迅《吶喊》之〈狂人日記〉，《故事新編》之〈鑄劍〉、〈非攻〉等作品中的主要人物肖像，即屬這方面的描繪。

　　〈狂人日記〉中的主角〝狂人〞，魯迅在文章開頭即透過其兄與作者兩者間的口述對話，將主角發狂的概況描繪出來：

> 日前偶聞其一大病；適歸故鄉，迂道往訪，則僅晤一人，言病者其弟也。勞君遠道來視，然已早愈，赴某地候補矣。因大笑，出示日記二冊，謂可見當日病狀，不妨獻諸舊友。持歸閱一過，知所患蓋〝迫害狂〞之

34　魯迅：〈彷徨‧傷逝〉《魯迅全集》第二卷，（北京：人民文學版社編出，1993年）P.110。

35　魯迅：〈故事新編‧理水〉《魯迅全集》第二卷，（北京：人民文學版社編出，1993年）PP.380、381。

36　魯迅：〈集外集拾遺‧懷舊〉《魯迅全集》第七卷，（北京：人民文學版社編出，1993年）P.216。

37　傅騰霄：《小說技巧》，（臺北：洪葉文化公司，1996年4月），P.62。

類。語頗錯雜無倫次，又多荒唐之言；亦不著月日，
惟墨色字體不一，知非一時所書。[38]

〈鑄劍〉中的〝宴之敖者〞之「那是一個黑瘦的，乞丐
似的男子，穿一身青衣。」[39]的肖像，係魯迅透過一位小宦
官的口述描繪出來的。

〈非攻〉中的主角〝墨子〞之「像一個乞丐。三十來歲。
高個子，烏黑的臉……。」[40]的肖像，亦是魯迅透過門丁的
口述描繪出來。

魯迅除上述作品之肖像描寫外，亦有些作品是根本不描
繪其人物肖像的。如《吶喊》中之〈一件小事〉、〈端午節〉、
〈兔和貓〉、〈鴨的喜劇〉、〈社戲〉。《彷徨》中之〈肥
皂〉、〈示眾〉、〈高老夫子〉、〈弟兄〉、〈離婚〉。《故
事新編》中之〈補天〉、〈奔月〉、〈采薇〉、〈出關〉等
小說即是。當然，這些作品的主要人物雖不直接描繪肖像，
但其形象大都通過行動中逐步呈現，或藉由對話、心理等之
描寫，將其勾勒出來。

四、遺傳法：

所謂〝遺傳法〞（Genetic algorithm），係指經由基因的
傳遞，使後代獲得上一代的特徵，包含：相貌、身材、性格，
以及智能等。該遺傳法曾流行於歐洲，在中國則較為少見，

38　魯迅：〈吶喊・狂人日記〉《魯迅全集》第一卷，（北京：人民文
　　學出版社編出，1993年），P.422。
39　魯迅：〈故事新編・鑄劍〉《魯迅全集》第二卷（北京：人民文學
　　版社編出，1993 年），P.428。
40　魯迅：〈故事新編・非攻〉載於同前註，P.459。

尤其是古典小說幾乎沒見過。曠野之鴿在《雛鴿逃命落溝渠》一書中，曾運用該法：

「真是晴天霹靂，原來我在他心目中是這麼不堪，這麼沒價值，我還一心一意想討好他，留下來種田，真傻，不禁讓人懷疑是不是他親生的，不然天底下哪有這樣的父親。可是細姨帶來那個女兒，也不是他生的，他對她也很好啊！更何況我百分之百流著他的血液，因鄰莊的人，看到我即知是他兒子。唉！想不透，於是含著眼淚，再也吃不下，默默離開餐桌，並發誓今後絕不再掉淚，畢竟淚水填不滿人生的遺恨，我也下定決心離家出走。」

文中之〝流著他的血液〞，或〝因鄰莊的人，看到我即知是他兒子。〞便把主角的肖像描繪出來，但這種遺傳法有個前提，即前面必須要有父母形象的交代，才能承襲下來。

由此可見，小說中的人物肖像描寫，宜採取多種方式來描繪，尤其要擅長於交互運用，不管是整體式、局部性、烘雲托月式，或是遺傳法，完全依主題的需要而定。才能二、三筆即將人物大致的形象勾勒出來，使其著墨非常精簡，有別於傳統小說對於人物肖像從頭到尾的詳細描寫。

第三節　行動的敘述

行動的敘述在人物形象的塑造上，並無肖像描寫那麼直接，它必須通過行動中的動作、衝突等，才能令其形象逐步呈現，然卻能讓讀者的感受更加深刻。基本上，作家運用行動描寫，來塑造小說中的人物性格，大抵從動作描繪、情緒描繪，以及反常描繪等三方面著手。茲說明如下：

第五章　小說人物之塑造

一、動作描繪：

〈一件小事〉的主題係在揭示基層人民的樸實，故魯迅採強烈對比方式來描寫，通過高大與藐小的對照，將其主題展現出來。因此，他首先以情緒描繪把主角〝我〞塑造得很高傲後，再以動作描繪：

> 伊伏在地上；車夫便也立住腳。我料定這老女人並沒有傷，又沒有別人看見，便很怪他多事，要自己惹出是非，也誤了我的路。[41]

來塑造我的自私，以為沒人見就可以逃避。後又以動作描繪：

> 車夫聽了這老女人的話（我摔壞了），卻毫不躊躇，仍然攙著伊的臂膊，便一步一步的向前走。我有些詫異，忙看前面，是一所巡警分駐所，大風之後，外面也不見人。這車夫扶著那老女人，便正是向那大門走去。[42]

來塑造〝車夫〞之純樸與誠實，如此即描繪出一個高傲自私的形象和一個純樸誠實的形象，兩者之間就產生強烈對比。最後以心理描寫：

> 我這時突然感到一種異樣的感覺，覺得他滿身灰塵的後影，剎時高大了，而且愈走愈大，須仰視才見。而且他對於我，漸漸的又幾乎變成一種威壓，甚而至於

---

[41] 魯迅：〈吶喊・一件小事〉《魯迅全集》第一卷，（北京：人民文學出版社編出，1993 年），P.458。

[42] 同前註，P.459。

要榨出皮袍下面藏著的〝小〞來。[43]

來塑造車夫人格的偉大，與自己人格的藐小。由此，其主題便被深刻的揭出。

〈示眾〉的主題，係在暴露中國人麻木不仁的國民性，魯迅首先即以肖像描寫手法，指出一個〝巡警〞牽著〝犯人〞，在街上遊行示眾的情形。後再以動作描繪：

> 〝剎時間，也就圍滿了大半圈的看客。待到增加了禿頭的老頭子之後，空缺已經不多，而立刻又被一個赤膊的紅鼻子胖大漢補滿了。〞、〝就只見滿頭光油油的，耳朵左近還有一片灰白色的頭髮，此外也不見得有怎樣新奇。但是後面的一個抱著孩子的老媽子卻想乘機擠進來了。禿頭怕失了位置，連忙站直。〞、〝一個小學生飛奔上來，一手按住了自己頭上的雪白的小布帽，向人叢中直鑽進去。但他鑽到第三——也許是第四——層，竟遇見一件不可動搖的偉大的東西了，抬頭看時，藍褲腰上面有一座赤條條的很闊的背脊，背脊上還有汗正在流下來。〞、〝但不多久，小學生卻從巡警的刀旁邊鑽出來了。他詫異地四顧：外面圍著一圈人，上首是穿白背心的，那對面是一個赤膊的胖小孩，胖小孩後面是一個赤膊的紅鼻子胖大漢。〞[44]

來指出國人毫無同情心的看客心理，進而暴露出其麻木不仁之國民性。

---

[43] 同註41。
[44] 魯迅：〈彷徨‧示眾〉《魯迅全集》第二卷，（北京：人民文學出版社編出，1993年），PP.69、70。

第五章　小說人物之塑造

〈補天〉係以讚揚苦幹精神為主題，故魯迅在塑造主角〝女媧〞時，主要便放在其〝苦幹精神〞上的動作描繪。如：

> 〝但伊自己並沒有見，只是不由的跪下一足，伸手掬起帶水的軟泥來，同時又揉捏幾回，便有一個和自己差不多的小東西在兩手裏。〞、〝伊一面撫弄他們，一面還是做，被做的都在伊的身邊打圈，但他們漸漸的走得遠，說得多了，伊也漸漸的懂不得，只覺得耳朵邊滿是嘈雜的嚷，嚷得頗有些頭昏。伊在長久的歡喜中，早已帶著疲乏了。幾乎吹完了呼吸，流完了汗，而況又頭昏，兩眼便蒙（矓）矓起來，兩頰也漸漸的發了熱，自己覺得無所謂了，而且不耐煩。然而伊還是照舊的不歇手，不自覺的只是做。終於，腰腿的酸痛逼得伊站立起來。〞[45]

以致到最後：「用盡了自己一切的軀殼，便在這中間躺倒，而且不再呼吸了。」[46]這真是鞠躬盡瘁，死而後已。

〈奔月〉係以揭示英雄無用武之地為主題，故魯迅在故事展開時，即將主角〝夷羿〞塑造成一個為生活而庸庸碌碌的形象，連〝老婆〞都養不起：

> 〝唉唉，這樣的人，我就整年地只給她吃烏鴉的炸醬麵……。〞羿想著，覺得慚愧，兩頰連耳根都熱起來。[47]

---

45 魯迅：〈故事新編・補天〉載於同前註，PP.346、347。
46 同前註，P.353。
47 魯迅：〈故事新編・奔月〉《魯迅全集》第二卷，（北京：人民文學出版社編出，1993年），P.360。

然當他與〝逢蒙〞決鬥時的英勇，尤其是他那：

> 一手拈弓，一手捏著三枝箭，都搭上去，拉了一個滿
> 弓，正對著月亮。身子是岩石一般挺立著，眼光直射，
> 閃閃如岩下電，鬚髮開張飄動，像黑色火，這一瞬息，
> 使人仿佛想見他當年射日的雄姿。[48]

之動作描繪，更不失昔日射日英雄的本色，但卻連老婆也保
不住飛上月亮一個人快樂去。最後他很無奈的說：

> 我實在餓極了，還是趕快去做一盤辣子雞，烙五斤餅
> 來，給我吃了好睡覺。明天再去找那道士要一服仙
> 藥，吃了追上去罷。[49]

至此，一位英雄無用武之地的主題，便被深刻的揭示出
來，這不也正是魯迅為改造中國無奈心境的寫照嗎？

二、情緒描繪：

〈端午節〉的故事係以〝差不多〞這句話為線索，故在
情節一展開時，即提出一連串問題：老輩威壓青年、青年有
了兒孫時亦要擺架子。兵士打車夫、車夫當了兵也就這麼
打。學生罵官僚、許多官僚原皆是學生出身的，所以這一切
都差不多。由此歸類到〝古今人不相遠〞、〝各色人等的性
相近〞與〝易地則皆然〞的結論。後透過作者對主角〝方玄
綽〞的描述，指出其有著虛偽自尊心和清高思想，且滿腹牢
騷卻缺乏抗爭勇氣，縱生活發生困難也不願參加索薪活動的

---

48 魯迅：〈故事新編・奔月〉《魯迅全集》第二卷，（北京：人民文
學出版社編出，1993 年），P.367。
49 同前註，P.368。

矛盾。再配合一段情緒描寫：

> 〝哼，我明天不做官了。錢的支票是領來的了，可是
> 索薪大會的代表不發放，先說是沒有同去的人都不
> 發，後來又說是要到他們跟前去親領。他們今天單捏
> 著支票，就變了閻王臉了，我實在怕看見……我錢也
> 不要了，官也不做了，這樣無限量的卑屈……。〞[50]

如此便把他那虛偽的自尊心、清高的思想，以及既牢騷又無
勇氣之形象，深刻表現出來，同時也反映易地則皆然的結論。

〈高老夫子〉的主題，係揭開偽道學者虛偽的假面具，
魯迅在開頭時，即以情緒描繪：

> 首先就想到往常的父母實在太不將兒女放在心裏。他
> 還在孩子的時候，最喜歡爬上桑樹去偷桑椹吃，但他
> 們全不管，有一回竟跌下樹來磕破了頭，又不給好好
> 地醫治，至今左邊的眉棱上還帶著一個永不消滅的尖
> 劈形的瘢痕。他現在雖然格外留長頭髮，左右分開，
> 又斜梳下來，可以勉強遮住了，但究竟還看見尖劈的
> 尖，也算得一個缺點，萬一給女學生發見，大概是免
> 不了要看不起的。他放下鏡子，怨憤地吁一口氣。[51]

將主角〝高老夫子〞虛偽的一面揭示出來。後以心理描寫：

> 但他並不動，因為從聲音和舉動上，便知道是暗暗躄
> 進來打牌的老朋友黃三。他雖然是他的老朋友，一禮
> 拜以前還一同打牌，看戲，喝酒，跟女人，但自從他

50　魯迅：〈吶喊‧端午節〉《魯迅全集》第一卷，（北京：人民文學
　　出版社編出，1993 年），P.537。
51　魯迅：〈彷徨‧高老夫子〉載於同前註書第二卷，P.74。

在《大中日報》上發表了《論中華國民皆有整理國史之義務》這一篇膾炙人口的名文，接著又得了賢良女學校的聘書之後，就覺得這黃三一無所長，總有些下等相了。[52]

來顯露他不可一世的心態。接著又是情緒描繪：

> 他煩躁愁苦著。從繁亂的心緒中，又湧出許多斷片的思想來：上堂的姿勢應該威嚴；額角的瘢痕總該遮住；教科書要讀得慢；看學生要大方。[53]

配合動作描繪：「〝嘻嘻！〞似乎有誰在那裏竊笑了。」與「〝嘻嘻嘻！〞他似乎聽到背後有許多人笑，又仿佛看見這笑聲就從那深邃的鼻孔的海裏出來。」[54]如此便把一個不學無術且虛偽學者之真面目，深深的刻劃出來。

三、反常描繪：

〈離婚〉係以暴露舊社會的恐怖形象為主題，故魯迅首先即以動作描繪：

> 還是為她。……這真是煩死我了，已經鬧了整三年，打過多少回架，說過多少回和，總是不落局……。[55]

配合情緒描繪：

---

[52] 魯迅：〈彷徨・高老夫子〉《魯迅全集》第二卷，（北京：人民文學出版社編出，1993年），P.75。
[53] 同前註，P.78。
[54] 同註52，PP.80、81。
[55] 魯迅：〈彷徨・離婚〉載於同註52書，P.144。

〝〝我倒並不貪圖回到那邊去，八三哥！′愛姑忿忿地昂起頭，說，〝我是賭氣。你想，`小畜生′姘上了小寡婦，就不要我，事情有這麼容易的？`老畜生′只知道幫兒子，也不要我，好容易呀！七大人怎樣？難道和知縣大老爺換帖，就不說人話了麼？″、〝要撇掉我，是不行的。七大人也好，八大人也好。我總要鬧得他們家敗人亡！″[56]

來塑造主角〝愛姑″是一個潑辣、堅強，且勇於抗爭的性格，為自己婚姻不惜拼出一條人命，也在所不惜。然最後卻因〝七大人″一聲：〝來～～兮！″，而使這位既潑辣又強硬的婦女屈服說：「我本來是專聽七大人吩咐……」[57]魯迅這一招〝反常描繪″，實令人拍案叫絕，其恐怖社會的形象，更是被暴露無遺。

　　由此可見，小說中人物的行動敘述，要採用多種方式，不管是動作描繪、情緒描繪，或是反常描繪，主要還是以能揭開主題為主。

第四節　心理的描繪

　　心理描繪即分析和描述人物內心世界細緻複雜的活動，表現他們思想、情緒、心理，以致外界事物影響而發生的反應過程。是作家在塑造小說中的人物形象時，不僅要從外部特徵之肖像、行動、語言等去著手，更重要是人物內部

---

56 魯迅：〈彷徨・離婚〉《魯迅全集》第二卷，（北京：人民文學出版社編出，1993年），PP.145、146。
57 同前註，P.152。

世界之心理描寫尤不可忽視。肖像、行動、語言固然可以顯示一個人物的性格，但以這種方式來窺視人物，都是由外而內的，僅止於表面，不容易深入，感染力也不夠。而以心理活動來表現一個人物性格時，則是由內而外的，讀者不僅可欣賞其外貌，亦可洞悉其內在世界，使其人物形象更生動、更深刻的顯示在我們面前，這樣的人物才會有血有肉，真實而感人。

　　基本上，作家以心理描繪來塑造人物形象時，不外乎有以〝意識狀態〞，或〝潛意識狀態〞兩種方式來描繪。所謂〝意識〞（Consciousness），就是「只有個人自己才會（很清楚，受理智的控制。）瞭解這個獨有世界裏的一切。」[58]所謂〝潛意識〞（Unconscious），就是「個人不能（不是很清楚，理智沒辦法控制。）自知的內在歷程。」[59]茲就以此來探究小說之心理描繪，並列舉魯迅《吶喊》中之〈狂人日記〉、〈白光〉；《彷徨》中之〈弟兄〉、〈傷逝〉等作品說明之：

一、意識狀態描繪：

　　〈狂人日記〉：該篇是典型的心理小說，作品沒有明顯的故事情節，也沒具體的人物刻畫，整篇僅是寫一個患有〝迫害狂〞之精神病者，對周圍環境的分析與看法，完全是描寫主角〝狂人〞的心理活動和狀態。作品是採第一人稱來敘述，從第一篇日記以至第十三篇日記等，都圍繞在人們想吃他這

---

[58] 張春興：《心理學》，（臺北：臺灣東華書局，民七十四年十月），P.4。
[59] 同前註，P.5。

一恐懼心理。路人的談話、〝趙貴翁〞的眼色、醫生囑咐吃藥，以至連狗看了幾眼，在他看來都與吃人有關，皆會引起猜疑聯想。由此，狂人覺得自己隨時有被吃掉的危險，心情處於極端緊張之狀態。「黑漆漆的，不知是日是夜。趙家的狗又叫起來了。獅子似的兇心，兔子的怯弱，狐狸的狡猾，……。」來令人心驚肉跳。所有這些皆是狂人的病態，而其〝狂人形象〞，便是通過此等心理活動的描寫來塑造完成。

　　〈傷逝〉：如果說〈狂人日記〉之心理描寫，是包含著深刻的哲理而震駭人心。那〈傷逝〉之心理描寫，則以悱惻纏綿的愛情而激盪人心，催人淚下。主角〝史涓生〞那以第一人稱寫下的手記，直接披露和追述與戀人情感的變化，滲透著自我批判，相對的也刻劃了男女主角之形象與心靈世界。他們的心理活動，時而互相激發牽引，時而互相映襯對比，又時而相互矛盾衝突。由此揭示了倆人之間從內心的一致和諧，到歧異分離的愛情悲劇。然這個悲劇是誰造成的，難道青年男女不該戀愛，不該結合組織家庭嗎？也許這就是生在舊社會裏的悲哀。〝人必生活著，愛才有所附麗〞、〝有了麵包，愛情才會幸福〞，這便是作者所要揭示的主題。為了生存，史涓生還是要活下去，故作者最後安排主角說：

　　　　〝新的生路還很多，我必須跨進去，因為我還活
　　　著。〞、〝我活著，我總得向著新的生路跨出去，那
　　　第一步，－－卻不過是寫下我的悔恨和悲哀，為子君，
　　　為自己。〞、〝我要向著新的生路跨進第一步去，我
　　　要將真實深深地藏在心的創傷中，默默地前行，用遺
　　　忘和說謊做我的前導……。〞

如此讓人讀來，心總是悲淒淒的。

二、潛意識狀態描繪：

〈白光〉：該篇小說以揭露舊社會科舉制度的弊害為主題，故在塑造主角〝陳士成〞時，主要是以遭受科舉迫害而致發瘋的形象。所以作者在安排故事情節，即以銀子發出的〝白光〞為線索，以第三人稱描寫一位連考十六次皆不中之老童生陳士成，如何的不得志潦倒，終致慘死的悲劇。整篇作品魯迅並不做像〈狂人日記〉之全是心理描寫，而以具體表現在主角六神無主、失魂落魄狀態下的活動，交互運用了肖像描寫：「斑白的短髮」與「臉色越加變成灰白，從勞乏的紅腫的兩眼裏，發出古怪的閃光。」配合著潛意識狀態的描繪：

> 這時他其實早已不看到什麼牆上的榜文了，只見有許多烏黑的圓圈，在眼前泛泛的游走。雋了秀才，上省去鄉試，一徑聯捷上去，……紳士們既然千方百計的來攀親，人們又都像看見神明似的敬畏，深悔先前的輕薄，發昏，……趕走了租住在自己破宅門裏的雜姓--那是不勞說趕，自己就搬的，--屋宇全新了，門口是旗竿和扁額，……要清高可以做京官，否則不如謀外放。……他平日安排停當的前程，這時候又像受潮的糖塔一般，剎時倒塌，只剩下一堆碎片了。他不自覺的旋轉了覺得渙散了的身軀，惘惘的走向歸家的路。

這就勾勒出主角從滿懷希望掉落到絕望神情的形象。後作者又安排〝藏銀〞讓他再度點燃希望，幻想著考試不中卻

能得意外之財，也是另〝一徑聯捷上去〞。由此，陳士成心理便因科舉的打擊而至掘銀的緊張而至落空的絕望，進而產生變態，終至慘死。作者在他〝掘銀〞這一幕過程之心理活動，有唯妙唯肖的描寫：他一會兒覺得有把握，一會又覺得模糊空虛，特別他掘到一塊下巴骨時：

> 而那下巴骨也便在他手裏索索的動彈起來，而且笑吟吟的顯出笑影，終於聽得他開口道：〝這回又完了！〞

連這塊死人的下巴骨都嘲笑他又落空了，可見作者描繪得實在精彩。

〈弟兄〉：該篇小說以暴露人性的黑暗面為主題，作者在開頭時，即以第三人稱先營造出兄弟間的友愛氣氛，讓同事們非常羨慕。後以〝猩紅熱〞為故事發展的線索，配合著潛意識狀態的描繪：

> 〝但凌亂的思緒，卻又乘機而起。他仿佛知道靖甫生的一定是猩紅熱，而且是不可救的。那麼，家計怎麼支持呢，靠自己一個？雖然住在小城裏，可是百物也昂貴起來了……。自己的三個孩子，他的兩個，養活尚且難，還能進學校去讀書麼？只給一兩個讀書呢，那自然是自己的康兒最聰明，--然而大家一定要批評，說是薄待了兄弟的孩子……。後事怎麼辦呢，連買棺木的款子也不夠，怎麼能夠運回家，只好暫時寄頓在義莊裏……。〞、〝但他卻不能即刻動彈，只覺得四肢無力，而且背上冷冰冰的還有許多汗，而且看見床前站著一個滿臉流血的孩子，自己正要去打她。〞、〝但自己的頭卻還覺得昏昏的，夢的斷片，也同時閃閃爍爍地浮出：--靖甫也正是這樣地躺著，

但卻是一個死屍。他忙著收殮，獨自背了一口棺材，
從大門外一徑背到堂屋裏去。地方仿佛是在家裏，看
見許多熟識的人們在旁邊交口讚頌……。--他命令康
兒和兩個弟妹進學校去了；卻還有兩個孩子哭嚷著要
跟去。他已經被哭嚷的聲音纏得發煩，但同時也覺得
自己有了最高的威權和極大的力。他看見自己的手掌
比平常大了三四倍，鐵鑄似的，向荷生的臉上一掌劈
過去……。〞、〝--荷生滿臉是血，哭著進來了。他
跳在神堂上……。那孩子後面還跟著一群相識和不相
識的人。他知道他們是都來攻擊他的……。--〝我決
不至於昧了良心。你們不要受孩子的誑話的
騙……。〞他聽得自己這樣說。--荷生就在他身邊，
他又舉起了手掌……。〞

來刻畫主角〝張沛君〞，在不為人知之潛意識裏，有著虛偽
黑暗的人性面。

　　由此可見，小說中人物的心理描繪，不管是意識狀態的
描繪，或潛意識狀態的描繪，在於能不能精彩且深刻的揭開
主題為要。

第五節　語言的書寫

　　小說人物中所使用的語言，不僅能推動故事情節的發
展，交代作品的材料背景，更能自然生動地表現人物之教
養、風度、氣質、情緒，以及心理等，它是人物形象塑造中，
一種極為重要的手段。當然，並非僅靠人物語言即可，它必
須配合動作才能深刻反映出人物性格，但亦不是說在語言之

後馬上要有動作，或動作之後馬上要有語言應對，這一切皆
需順乎規律，尤其是什麼樣的人，應說什麼樣的話，更要合
於邏輯。

　　在小說作品中一般較常見之現象，即是〝對白〞、〝獨
白〞，以及〝旁白〞三者的混合運用。所謂〝對白〞（Dialogue），
就是小說中的人物與人物之間的談話，溝通彼此的思想、意
見，所以在彼此談吐中也最能表現各人的特性。所謂〝獨白〞
（Soliloquy），就是小說人物在情節中獨自一人的自言自語。
所謂〝旁白〞（Voice-over），就是小說情節在進展中，有一
人物在一旁評價另一人物的言行，或作為直接同讀者的交
談。茲就依此三項來探討小說之人物的語言書寫，並列舉魯
迅《吶喊》中之〈孔乙己〉、〈兔和貓〉、〈鴨的喜劇〉、
〈社戲〉。《彷徨》中之〈肥皂〉。《故事新編》中之〈采
薇〉、〈出關〉，以及〈懷舊〉等作品說明之：

一、對白描繪：

　　〈肥皂〉係以掀開偽道學者的假面具為主題，作者雖以
一塊〝肥皂〞做為故事發展之線索，安排主角〝四銘〞因買
一塊肥皂送給太太而引起一場家庭風波。但其主題的揭露，
卻在四銘、〝何道統〞、〝卜薇園〞等偽君子為〝移風文社〞
第十八屆徵文題目的對白描繪中，才顯示出來：

　　　　四銘踱到燭臺面前，展開紙條，一字一字的讀下去：
　　　〝〝恭擬全國人民合詞籲請貴大總統特頒明令專重
　　　聖經崇祀孟母以挽頹風而存國粹文〞。--好極好極。
　　　可是字數太多了罷？〞

〝不要緊的！〞道統大聲說。〝我算過了，還無須乎多加廣告費。但是詩題呢？〞

〝詩題麼？′四銘忽而恭敬之狀可掬了。〝我倒有一個在這裏：孝女行。那是實事，應該表彰表彰她。我今天在大街上……〞

〝哦哦，那不行。〞薇園連忙搖手，打斷他的話。〝那是我也看見的。她大概是‵外路人′，我不懂她的話，她也不懂我的話，不知道她究竟是那裏人。大家倒都說她是孝女。然而我問她可能做詩，她搖搖頭。要是能做詩，那就好了。〞

〝然而忠孝是大節，不會做詩也可以將就……。〞

〝那倒不然，而孰知不然！〞薇園攤開手掌，向四銘連搖帶推的奔過去，力爭說。〝要會做詩，然後有趣。〞

〝我們，〞四銘推開他，〝就用這個題目，加上說明，登報去。一來可以表彰表彰她；二來可以借此針砭社會。現在的社會還成個什麼樣子，我從旁考察了好半天，竟不見有什麼人給一個錢，這豈不是全無心肝……〞

〝阿呀，四翁！〞薇園又奔過來，〝你簡直是在‵對著和尚罵賊禿′了。我就沒有給錢，我那時恰恰身邊沒有帶著。〞

〝不要多心，薇翁。〞四銘又推開他，〝你自然在外，又作別論。你聽我講下去：她們面前圍了一大群人，毫無敬意，只是打趣。還有兩個光棍，那是更其肆無

忌憚了，有一個簡直說，「阿發，你去買兩塊肥皂來，咯支咯支遍身洗一洗，好得很哩。」你想，這⋯⋯"

"哈哈哈！兩塊肥皂！" 道統的響亮的笑聲突然發作了，震得人耳朵喤喤的叫。"你買，哈哈，哈哈！"

"道翁，道翁，你不要這麼嚷。" 四銘吃了一驚，慌張的說。"咯支咯支，哈哈！"

"道翁！" 四銘沉下臉來了，"我們講正經事，你怎麼只胡鬧，鬧得人頭昏。你聽，我們就用這兩個題目，即刻送到報館去，要他明天一准登出來。這事只好偏勞你們兩位了。"

"可以可以，那自然。" 薇園極口應承說。

"呵呵，洗一洗，咯支⋯⋯唏唏⋯⋯"

"道翁！！！" 四銘憤憤的叫。

在這些偽道學者的心目中，要受表彰孝行的人是一定要會做詩的，否則免談，而他們又都見過這對孤苦伶仃的祖孫，然皆不曾伸出援手，卻大罵沒人有同情心。尤其滿腦裏都是那"孝女"要是用兩塊肥皂"咯支咯支遍身洗一洗，好得很哩。"的齷齪想法。

〈采薇〉的主題，係在揭示舊社會道德觀念的內在矛盾性，故作者首先就以對白描繪手法：

"大哥，時局好像不太好！" 叔齊一面並排坐下去，一面氣喘余吁吁的說。

"怎麼了呀？" 伯夷這才轉過臉去看。

〝我今天去拜訪過了。一個是太師疵，一個是少師
強，還帶來許多樂器……不過好像這邊就要動兵了。〞

〝為了樂器動兵，是不合先王之道的〞伯夷慢吞吞的
說。

〝也不單為了樂器。您不早聽到過商王無道，砍早上
渡河不怕水冷的人的腳骨，看看他的骨髓，挖出比干
王爺的心來，看它可有七竅嗎？先前還是傳聞，瞎子
一到，可就證實了。況且還切切實實的證明了商王的
變亂舊章。變亂舊章，原是應該征伐的。不過我想，
以下犯上，究竟也不合先王之道……。〞

如此先指出主角〝伯夷〞與〝叔齊〞內在的矛盾性。接
著又藉〝小丙君〞之口的旁白描繪：

尤其可議的是他們的品格，通體都是矛盾。於是他大
義凜然的斬釘截鐵的說道：〝〝普天之下，莫非王
土，〞難道他們在吃的薇，不是我們聖上的嗎！〞

由此道出主角他們〝通體都是矛盾〞的形象。

〈出關〉的主題，係在暴露社會的現實面，故作者從兩
方面來揭示。其一為〝孔子〞最後一次訪主角〝老子〞一幕
的對白描繪：

〝那裏那裏，〞孔子謙虛的說。〝沒有出門，在想著。
想通了一點：鴉鵲親嘴；魚兒塗口水；細腰蜂兒化別
個。懷了弟弟，做哥哥的就哭。我自己久不投在變化
裏了，這怎麼能夠變化別人呢！……〞

〝對對！〞老子道。〝您想通了！〞

另一幕為老子對他學生庚桑楚的對白：

〝孔丘已經懂得了我的意思。他知道能夠明白他的底細的，只有我，一定放心不下。我不走，是不大方便的⋯⋯〞

〝那麼，不正是同道了嗎？還走什麼呢？〞

〝不，〞老子擺一擺手，〝我們還是道不同。譬如同是一雙鞋子罷，我的是走流沙，他的是上朝廷的。〞

〝但您究竟是他的先生呵！〞

〝你在我這裏學了這許多年，還是這麼老實，〞老子笑了起來，〝這真是性不能改，命不能換了。你要知道孔丘和你不同：他以後就不再來，也再不叫我先生，只叫我老頭子，背地裏還要玩花樣了呀。〞

其二為〝關尹喜〞和〝賬房先生〞的對白描繪：

〝自說是上流沙去的，〞關尹喜冷冷的說。〝看他走得到。外面不但沒有鹽，麵，連水也難得。肚子餓起來，我看是後來還要回到我們這裏來的。〞

〝那麼，我們再叫他著書。〞賬房先生高興了起來。〝不過餑餑真也太費。那時候，我們只要說宗旨已經改為提拔新作家，兩串稿子，給他五個餑餑也足夠了。〞

〝那可不見得行。要發牢騷，鬧脾氣的。〞

〝餓過了肚子，還要鬧脾氣？〞

〝我倒怕這種東西，沒有人要看。〞書記搖著手，說。
〝連五個銅錢的本錢也撈不回。〞

如此便把現實社會的面目掀開來。

二、獨白描繪：

〈兔和貓〉的主題，係以揭開社會的弱肉強食，〝兔〞代表著弱者，〝貓〞象徵著惡霸，扶助弱小，抗拒兇暴行為，是作者一貫的精神。故兩只小兔被大黑貓殘殺之後，主角〝我〞以獨白描繪方式說：

> 但自此之後，我總覺得淒涼。夜半在燈下坐著想，那兩條小性命，竟是人不知鬼不覺的早在不知什麼時候喪失了，生物史上不著一些痕跡，並S也不叫一聲。我於是記起舊事來，先前我住在會館裏，清早起身，只見大槐樹下一片散亂的鴿子毛，這明明是膏于鷹吻的了，上午長班來一打掃，便什麼都不見，誰知道曾有一個生命斷送在這裏呢？我又曾路過西四牌樓，看見一匹小狗被馬車軋得快死，待回來時，什麼也不見了，搬掉了罷，過往行人憧憧的走著，誰知道曾有一個生命斷送在這裏呢？夏夜，窗外面，常聽到蒼蠅的悠長的吱吱的叫聲，這一定是給蠅虎咬住了，然而我向來無所容心於其間，而別人並且不聽到……假使造物也可以責備，那麼，我以為他實在將生命造得太濫，毀得太濫了。

如此便將主角的感慨悲憤表露無遺。生命無價，卻無辜被害，死得寂寞，周遭的人麻木不仁，不聞不問，好像沒發

生過一樣，這是多麼的可悲呀！於是他又以另一段的獨白描繪說：

> 造物太胡鬧，我不能不反抗他了，雖然也許是倒是幫他的忙……那黑貓是不能久在矮牆上高視闊步的了，我決定的想，於是又不由的一瞥那藏在書箱裏的一瓶青酸鉀。

決心挺身為弱兔報仇，如此一位正義之士的形象，即在我們心中產生。

〈社戲〉是採回憶方式，以第一人稱來敘述，整篇有很大的一部分，是主角〝我〞的獨白描繪。故事一開頭即先說看北京戲，相對的也指出戲院裏還守著許多惡習，沒有一點改革，一進去耳朵就喤喤的響，坐凳狹而高像拷打的刑具，看客又擁擠，不由毛骨悚然的走出來。第二回也是在北京看舞臺戲：

> 我向來沒有這樣忍耐的等候過什麼事物，而況這身邊的胖紳士的吁吁的喘氣，這臺上的鏗鏗喤喤的敲打，紅紅綠綠的晃蕩，加之以十二點，忽而使我省悟到在這裏不適於生存了。

最後才進入〈社戲〉之主題，回憶童年往事，農村生活，什麼釣蝦、放牛、搖船和摘羅漢豆等，還有〝雙喜〞、〝阿發〞這幾位鄉間小英雄，以及平橋村趙莊之臺戲等。真是一幕活生生的鄉村景象，實令人流連忘返，回味無窮。如此便把一位不喜歡擁擠吵雜生活，喜歡安靜恬適，尤其是坐在書桌沉思回憶之人的形象概括出來。

三、旁白描繪：

〈孔乙己〉中的主角〝孔乙己〞，作者在他出場時即藉由〝伙計〞的旁白描繪介紹說：

> 孔乙己是站著喝酒而穿長衫的唯一的人。他身材很高大。青白臉色，皺紋間時常夾些傷痕。一部亂蓬蓬的花白的鬍子。穿的雖然是長衫，可是又髒又破，似乎十多年沒有補，也沒有洗。他對人說話，總是滿口之乎者也，教人半懂不懂的。因為他姓孔，別人便從描紅紙上的〝上大人孔乙己〞這半懂不懂的話裏，替他取下一個綽號，叫作孔乙己。

如此便把一個落魄潦倒的文人形象概括出來。尤其那句〝皺紋間時常夾些傷痕〞，更是暗示孔乙己吃過許多苦頭的印記。

〈鴨的喜劇〉中之〝愛羅先珂君〞，作者亦藉由主角〝我〞的簡單幾句旁白描繪：「他獨自靠在自己的臥榻上，很高的眉棱在金黃色的長髮之間微蹙了，是在想他舊游之地的緬甸，緬甸的夏夜。」就刻劃出這位盲詩人的形象。

〈懷舊〉中的主角〝禿先生〞，作者也在他出場時即藉由〝小學童〞的旁白描繪介紹說：

> 彼輩納晚涼時，禿先生正教予屬對，題曰：〝紅花。〞予對：〝青桐。〞則揮曰：〝平仄弗調。〞令退。時予已九齡，不識平仄為何物，而禿先生亦不言，則姑退。思久弗屬，漸展掌拍吾股使發大聲如撲蚊，冀禿先生知吾苦，而先生仍弗理。久之久之，始作搖曳聲

　　曰：〝來。〞余健進。便書綠草二字曰：〝紅平聲，
花平聲，綠入聲，草上聲。去矣。〞余弗遑聽，躍而
出。禿先生復作搖曳聲曰：〝勿跳。〞余則弗跳而出。

　　如此亦把一位迂腐守舊，又不懂得教學方法的塾師形象
概括出來。

　　由此可見，小說中人物的語言書寫，主要是依人物形象
的需要而定，進而能體現主題為主，不做其它無謂之敘述，
也不必著墨過多，使人物語言顯得精簡凝鍊。

　　當然，要採取這些技巧來塑造人物形象時，並不是單獨
使用其中之一種，而是將它們綜合起來交互運用，以能深刻
表現其所扮演角色的形象特徵為原則。如前所述之〈藥〉中
的華老栓夫婦與〈白光〉中的陳士成，作者所採取之手法，
即是肖像描寫中的局部性描繪配合行動描寫中的動作描繪
來塑造其形象。〈一件小事〉是以行動描寫中的情緒描繪與
動作描寫，再配合心理描寫，使其形象更加深刻。而〈故鄉〉
中的閏土形象，亦是以肖像描寫中的整體式描繪配合行動描
寫中的動作描繪而成。〈祝福〉中的祥林嫂，是以肖像描寫
中的整體式描繪與烘雲托月式描繪之並用。〈示眾〉則以肖
像描寫中局部式描繪手法配合行動描寫中的動作描繪，以凸
顯其主題等。

　　為使讀者更完整的瞭解小說在這方面之運用技巧，特列
舉最典型人物的形象〈阿Q正傳〉的主角〝阿Q〞，來做綜合
說明。魯迅對於阿Q之形象塑造，首先即以行動描寫中的動
作描繪手法，出現於〝趙太爺〞兒子進秀才的時候：

　　這於他也很光采，因為他和趙太爺原來是本家，細細

的排起來他還比秀才長三輩呢。其時幾個旁聽人倒也肅然的有些起敬了。那知道第二天，地保便叫阿Q到趙太爺家裏去；太爺一見，滿臉濺朱，喝道：〝阿Q，你這渾小子！你說我是你的本家麼？〞阿Q不開口。趙太爺愈看愈生氣了，搶進幾步說：〝你敢胡說！我怎麼會有你這樣的本家？你姓趙麼？〞阿Q不開口，想往後退了；趙太爺跳過去，給了他一個嘴巴。〝你怎麼會姓趙！--你那裏配姓趙！〞阿Q並沒有抗辯他確鑿姓趙，只用手摸著左頰，和地保退出去了；外面又被地保訓斥了一番，謝了地保二百文酒錢。

在這場姓氏之衝突中，作者便巧妙的安排其伏筆，勾勒出阿Q不敢抗爭強權的個性與其所處的惡劣環境。雖僅窺見他的精神，尚未見著他的面目，但其悲劇性格走向必然之命運，已深深烙在讀者心中。阿Q的形象，由此也隨著故事發展，緊緊扣住在這兩方面而逐步顯現。接著作者又以肖像描寫中的〝局部性描繪〞手法：

〝阿Q沒有家，住在未莊的土穀祠裏；也沒有固定的職業，只給人家做短工，割麥便割麥，舂米便舂米，撐船便撐船。〞、〝只是有一回，有一個老頭子頌揚說：`阿Q真能做！′這時阿Q赤著膊，懶洋洋的瘦伶仃的正在他面前，別人也摸不著這話是真心還是譏笑，然而阿Q很喜歡。〞、〝最惱人的是在他頭皮上，頗有幾處不知起於何時的癩瘡疤。〞、〝黃辮子〞等。

由此便指出阿Q是一個無業遊民，專靠打短工來維持生活，雖瘦伶仃、黃辮子，頭上還長著癩瘡疤，卻也勤奮的形象。後再以：「阿Q又很自尊，所有未莊的居民，全不在他

眼睛裏。」與「加以進了幾回城，阿Q自然更自負。」的〝局部性描繪〞，配合：「心裏想，〝我總算被兒子打了，現在的世界真不像樣……〞於是也心滿意足的得勝的走了。」與「然而不到十秒鐘，阿Q也心滿意足的得勝的走了，他覺得他是第一個能夠自輕自賤的人，除了〝自輕自賤〞不算外，餘下的就是〝第一個〞。狀元不也是〝第一個〞麼？〝你算是什麼東西〞呢！」的〝心理描寫〞，便表現出阿Q是一個既自負又自賤，且常以〝精神勝利法〞來做〝心理補償〞的性格。尤其是那：「估量了對手，口訥的他便罵，氣力小的他便打；然而不知怎麼一回事，總還是阿Q吃虧的時候多。於是他漸漸的變換了方針，大抵改為怒目而視了。」的〝肖像描寫〞，以及欺負〝小尼姑〞的那一幕，就更凸顯其欺善怕惡之特徵。

接著作者又不忘以〝對話描寫〞，補上阿Q偷蘿蔔耍無賴這一幕：

> 〝阿彌陀佛，阿Q，你怎麼跳進園裏來偷蘿蔔！……阿呀，罪過呵，阿唷，阿彌陀佛！……〞〝我什麼時候跳進你的園裏來偷蘿蔔？〞阿Q且看且走的說。〝現在……這不是？〞老尼姑指著他的衣兜。〝這是你的？你能叫得他答應你麼？你……〞。

至此，作者交互運用了肖像描寫、行動描寫、對話描寫以及心理描寫等，來塑造阿Q的性格，使一位既可憐又可悲，還帶著滑稽之形象，深刻的呈現在我們面前，中國人劣根的國民性特徵，似乎也在吾人腦中浮起。最後，作者又通過推動人物觸發聯想，來豐富和深化心理內涵，在阿Q被押赴刑場遊街示眾之際，安排了一段精彩的〝心理描寫〞：

阿Q於是再看那些喝采的人們。這剎那中，他的思想又仿佛旋風似的在腦裏一迴旋了。四年之前，他曾在山腳下遇見一隻餓狼，永是不近不遠的跟定他，要吃他的肉。他那時嚇得幾乎要死，幸而手裏有一柄斫柴刀，才得仗這壯了膽，支持到未莊；可是永遠記得那狼眼睛，又兇又怯，閃閃的像兩顆鬼火，似乎遠遠的來穿透了他的皮肉。而這回他又看見從來沒有見過的更可怕的眼睛了，又鈍又鋒利，不但已經咀嚼了他的話，並且還要咀嚼他皮肉以外的東西，永是不遠不近的跟他走。這些眼睛們似乎連成一氣，已經在那裏咬他的靈魂。〝救命，……〞。

對於這一段由相似聯想所構成的心理活動，夏華安就認為：

作者在這裏是通過聯想的描寫來表現人物內心活動的，更深入更徹底地透視了人生世相，有力地揭露和鞭撻了國民愚昧、麻木的靈魂，昭示了愚昧、麻木的嚴重危害性：不僅幫助封建勢力吃掉了阿Q的肉體，而且吃掉了阿Q的靈魂。這就是中國革命難以發生，即使發生也必然失敗的根本原因。我們還可以據此窺見魯迅先生在《狂人日記》、《藥》和本篇中所表現的一個共同的思想：要使中國有希望，必須揭露、批判國民的愚昧、麻木療救國民的靈魂。正是這樣的心理描寫，帶來了心理內含的豐富性和深刻性。

由此可見，魯迅不僅深知中國的病根在那裏，又知道以一己之力並無力挽救狂瀾，只徒增無謂犧牲而已，故他終其一生四處奔跑呼籲，以喚醒國人為職志，共同為幸福的明天

而起來奮鬥。更竭盡所能，深刻的揭露、解剖，無情的批判國民之愚昧、麻木，以療救他們的靈魂，這樣中國或許有希望。

第六節　特色的運用

小說之人物形象塑造，其特色的運用，應具有如下四大特點：

一、望文生訓的命名方式：

小說中人物姓名之制定，如屬主要人物則以能反映這號人物形象的名字為主，以助長其對人物形象的塑造，讓讀者望文生訓，即知此人的大概。如屬陪襯人物則以通俗名字稱之，簡單俐落。

二、突顯角色特徵的形象塑造方式：

小說中人物形象之塑造，要善於依角色的需要而採取何種方式來描繪，以能突顯其所扮演角色的特徵為原則。

三、簡潔有力的描繪方式：

小說中人物形象之描繪，要能抓住重點，雖僅簡短幾句，就能把人物形象塑造得非常傳神深刻，展現出其巨匠的神來之筆。

四、特性與共性的塑造方式：

　　小說中人物形象之塑造，應著重於特性與共性的兼顧並用，一方面突出其人物所獨有的特性，使讀者印象深刻。另一方面又顯現人類所共有的情感，使讀者產生共鳴。故能令人讀之，時而拍案叫絕，時而傷心落淚。

　　綜上所論，小說人物形象的塑造，其姓名之制定，應讓讀者能望文生訓；其角色之特徵，要能突顯其所扮演角色的特徵為原則，以及簡潔有力的描繪，並著重於特性與共性的兼顧並用，才能深化讀者對人物形象的感受，進而渲染讀者的喜怒哀樂，此亦為匠心獨運的特色。

第六章 小說語文之運用

　　所謂〝語文（Language and Text）〞，乃指語言與文字。
周伯乃說：

> 語言是人類的心意的記號或符號的現示〔表達〕的一
> 種工具。無論其有無聲音，都足以傳達人心底裡的意
> 義。如畫家的光、色、線條，音樂家的音符，甚至於
> 舞蹈家的動作……這些都是傳達其心意，但不需要發
> 出任何聲音，而又能呈現其真實的語言，故語言乃是
> 一種圖式。一種記號。一種人類內在心意的表達工
> 具。[1]

英・約翰・洛克（Locke, John 1632~1704）亦說：

> 人雖有各式各樣的思想，而且他們自己或別人雖然可
> 以由這些思想得到利益和快樂，可是他們底思想都是
> 在胸中隱藏不露的，別人並不能看到它們，而且它們
> 自身亦不能顯現出來。思想如不能傳遞，則社會便不
> 能給人以安慰和利益，因此，人們必須找尋一些外界
> 的明顯標記，把自己思想中所含的不可見的觀念表示
> 於他人。[2]

　　可見人與人之間思想的交流，心意的傳達，其最主要的
工具就是語言文字，它既是表達人類內在心意的一種手段，
又是溝通雙方接觸的一種工具。故語言文字便成了作者與讀
者間之橋樑，作者藉語言文字把自己的思想感受傳遞給讀
者。由此，一篇作品縱有再好的故事情節，若沒有配合語言

---

[1] 周伯乃：《現代小說論》，（臺北：三民書局，民六十三年五月），
　　P.8。
[2] 英・洛克著關琪桐譯：《人類理解論》第二冊，（長沙：商務印書館，
　　民二十七年七月），P.422。

的藝術，一切也是枉然。因之，語文的運用就成了作家研究上的重要課題。誠如司馬中原說：

> 小說的文字是生活語言做為重要基礎而產生的，比較廣博，生活性非常的強。作者若沒有一個鮮活的廣大生活語彙作為基礎的話，只用文字還是不夠的。[3]

復說：

> 這要看各種不同的事件，不同的狀況來決定。我覺得小說文字運用時，首先考慮到的該是何種事件？怎樣特定的時空。[4]

又說：

> 有時寫得細膩就用很多散文風的句子進去。有時要直接反映，就用一些踏實的句子加入。實在的場景就用實在的文字去寫；空靈的場景，就用虛的文字去寫，變化多端。[5]

可見每位作家都需以自己精深廣博的文學修養，以及個人獨特的精神稟賦，為自己鑄造一座內蘊豐富的語言寶庫，以供作品之需。尤其是語言文字的運用，更要恰到好處，現代有現代語言，古代有古代之詞句，形象不同，階層的高低，或地方性不同，均有他們的習慣用語，或區域性方言等，這一切該講究的是適當與貼切，才能創作出既有水準，又有自

---

[3] 作家司馬中原對於小說中語言文字之運用的看法，係接受黃武忠的訪問時所說。請參見黃武忠：《小說家談寫作技巧～當代小說家訪問錄》，（臺中：學人文化公司，民六十九年八月），P.81。
[4] 同前註。
[5] 黃武忠：《小說家談寫作技巧～當代小說家訪問錄》，（臺中：學人文化公司，民六十九年八月），P.82。

己特色的作品來。因此，以下就從語文的書寫、形象的用語、民俗的描繪、修辭的技巧，以及特色的運用等來做說明：

第一節　語文的書寫

　　基本上，一篇小說作品內所使用之語言文字，不外乎有敘述性的、描寫性的、抒情性的，以及議論性的語言文字等。茲列舉魯迅《吶喊》中的〈狂人日記〉、〈一件小事〉、〈頭髮的故事〉、〈故鄉〉、〈阿Q正傳〉、〈兔和貓〉、〈鴨的喜劇〉、〈社戲〉；《彷徨》中的〈肥皂〉；以及《故事新編》中的〈采薇〉等篇，來說明小說對於語言文字之運用技巧：

一、敘述性：

　　〈阿Q正傳〉的主角〝阿Q〞，在他夢想成為〝革命黨〞以後，這個昔日連姓趙都不配的小人物，突然之間神氣起來：

> 未莊人都用了驚懼的眼光對他看。這一種可憐的眼光，是阿Q從來沒有見過的，一見之下，又使他舒服得如六月裏喝了雪水。他更加高興的走而且喊道：
>
> 〝好，……我要什麼就是什麼，我歡喜誰就是誰。
>
> 得得，鏘鏘！
>
> 悔不該，酒醉錯斬了鄭賢弟，
>
> 悔不該，呀呀呀……

得得，鏘鏘，得，鏘令鏘！

我手執鋼鞭將你打……〞

趙府上的兩位男人和兩個真本家，也正站在大門口論革命，阿Q沒有見，昂了頭直唱過去。

〝得得，……〞

〝老Q〞趙太爺怯怯的迎著低聲的叫。

〝鏘鏘〞阿Q料不到他的名字會和〝老〞字聯結起來，以為是一句別的話，與己無干，只是唱。〝得，鏘，鏘令鏘，鏘！〞

〝老Q〞

〝悔不該……〞

〝阿Q！〞秀才只得直呼其名了。

阿Q這才站住，歪著頭問道，〝什麼？〞

〝老Q，……現在……〞趙太爺卻又沒有話，

〝現在……發財麼？〞

〝發財？自然。要什麼就是什麼……〞

〝阿……Q哥，像我們這樣窮朋友是不要緊的……〞趙白眼惴惴的說，似乎想探革命黨的口風。

〝窮朋友？你總比我有錢。〞阿Q說著自去了。

大家都憮然，沒有話。趙太爺父子回家，晚上商量到

點燈。趙白眼回家，便從腰間扯下搭連來，交給他女人藏在箱底裏。

阿Q飄飄然的飛了一通，回到土穀祠，酒已經醒透了。這晚上，管祠的老頭子也意外的和氣，請他喝茶；阿Q便向他要了兩個餅，吃完之後，又要了一支點過的四兩燭和一個樹燭臺，點起來，獨自躺在自己的小屋裏。他說不出的新鮮而且高興，燭火像元夜似的閃閃的跳，他的思想也迸跳起來了。

　　作者在這段敘述性的語言中，用極精練文字，照亮了好幾個人物的內心世界，寫盡當時舊社會之人情世態。阿Q的洋洋自得、愚昧可笑，趙太爺父子、管祠的老頭子等之虛偽狡詐，以及那種極力巴結他們向來不把他當成是人看待的阿Q之心態，無不淋漓盡致的躍然紙上。但作者並未鋪陳筆墨，而是以簡明精練的〝畫眼睛〞手法，雖文字儉省，著墨不多，卻能令人讀之意味無窮。

二、描寫性：

　　在〈狂人日記〉中有二段氣氛的描寫語言：

黑漆漆的，不知是日是夜。趙家的狗又叫起來了。

獅子似的凶心，兔子的怯弱，狐狸的狡猾，……[6]

　　在〈故鄉〉中也有二段景色的描寫語言：

蒼黃的天底下，遠近橫著幾個蕭索的荒村，沒有一些

---

6 見魯迅：〈吶喊‧狂人日記〉載於同前註書，P.427。

活氣。

> 我在朦朧中，眼前展開一片海邊碧綠的沙地來，上面
> 深藍的天空中掛著一輪金黃的圓月。我想：希望是本
> 無所謂有，無所謂無的。這正如地上的路；其實地上
> 本沒有路，走的人多了，也便成了路。

　　作者在這兩篇作品的描寫性語言中，亦是以極為簡短文字，就把前者陰森悲慘之氣氛表現出來，尤其是後一段的描寫，歸結了主角〝狂人〞對他周圍人們眼光的說明，是對生活在吃人社會裏的人們之概括；也把後者對冬天蕭索荒涼的村莊景色顯示出來，尤其是後一段之描寫，係通過希望為將來勾畫出光明的遠景。

三、抒情性：

　　而〈兔和貓〉、〈鴨的喜劇〉，以及〈社戲〉等作品，皆是作者個人抒發情緒的回憶，故大都以抒情語言來完成。〈兔和貓〉主要在抒發對弱者的同情，對惡霸的憎恨，進而要主持正義，為弱者報仇。〈鴨的喜劇〉主要在抒發對俄國盲詩人愛羅先珂君的懷念，以及感慨著要在人工掘成之荷花池裏，培養〝池沼的音樂家〞來打破寂寞的計劃，終歸要失敗的。〈社戲〉則一開頭，作者即貶責京戲，由於不滿意京戲而引起童年一段社戲的回憶，在整個回憶過程中，有好幾段盡是抒發著在那美麗田園風光裏的許多愉快事情，如：

> 我的很重的心忽而輕鬆了，身體也似乎舒展到說不出
> 的大。一出門，便望見月下的平橋內泊著一隻白篷的
> 航船，大家跳下船，雙喜撥前篙，阿發撥後篙，年幼

的都陪我坐在艙中，較大的聚在船尾。母親送出來吩咐〝要小心〞的時候，我們已經點開船，在橋石上一磕，退後幾尺，即又上前出了橋。於是架起兩支櫓，一支兩人，一里一換，有說笑的，有嚷的，夾著潺潺的船頭激水的聲音，在左右都是碧綠的豆麥田地的河流中，飛一般徑向趙莊前進了。

兩岸的豆麥和河底的水草所發散出來的清香，夾雜在水氣中撲面的吹來；月色便朦朧在這水氣裏。淡黑的起伏的連山，仿佛是踴躍的鐵的獸脊似的，都遠遠地向船尾跑去了，但我卻還以為船慢。他們換了四回手，漸望見依稀的趙莊，而且似乎聽到歌吹了，還有幾點火，料想便是戲臺，但或者也許是漁火。

那聲音大概是橫笛，宛轉，悠揚，使我的心也沉靜，然而又自失起來，覺得要和他彌散在含著豆麥蘊藻之香的夜氣裏。

這一切美麗的回憶，讓作者沉醉於浪漫之童年裏。而他所使用的抒情語言，在前兩篇依舊是那麼的簡潔有力（其字數〈兔和貓〉僅二千多字；〈鴨的喜劇〉僅一千多字而已。）而〈社戲〉則因描寫較細膩，在貶責京戲部分又占去約三分之一的篇幅，故所用筆墨較多，然一幅一群少年，乘著白篷的航船，吃著煮豆、喊嚷的笑語，飄盪於紹興水鄉之田野風光，便生動的呈現在我們面前。

四、議論性：

至於屬議論性的語言者，如〈一件小事〉中之幾段的描

寫：

> 我想，我眼見你慢慢倒地，怎麼會摔壞呢，裝腔作勢罷了，這真可憎惡。車夫多事，也正是自討苦吃，現在你自己想法去。

> 風全住了，路上還很靜。我走著，一面想，幾乎怕敢想到我自己。以前的事姑且擱起，這一大把銅元又是什麼意思？獎他麼？我還能裁判車夫麼？我不能回答自己。

> 這事到了現在，還是時時記起。我因此也時時熬了苦痛，努力的要想到我自己。幾年來的文治武力，在我早如幼小時候所讀過的〝子曰詩云〞一般，背不上半句了。獨有這一件小事，卻總是浮在我眼前，有時反更分明，教我慚愧，催我自新，並且增長我的勇氣和希望。

在〈頭髮的故事〉中亦有幾段屬議論性的語言：

> 〝我最得意的是自從第一個雙十節以後，我在路上走，不再被人笑罵了。〞

> 〝老兄，你可知道頭髮是我們中國人的寶貝和冤家，古今來多少人在這上頭吃些毫無價值的苦呵！〞

> 〝我的祖母曾對我說，那時做百姓才難哩，全留著頭髮的被官兵殺，還是辮子的便被長毛殺！〞

> 〝我不知道有多少中國人只因為這不痛不癢的頭髮而吃苦，受難，滅亡。〞

〝阿，造物的皮鞭沒有到中國的脊梁上時，中國便永遠是這一樣的中國，決不肯自己改變一支毫毛等等。〞

此皆是作者所使用的議論性語言，其文字仍保持其簡潔精練的特點，短短幾段描述，即能將主題揭出。當然，作者並非在一篇小說內僅使用一種語言形式，他是採交互配合的方法，才能深刻其作品內涵。尤其是運用語言描繪的多角度，以反映生活之立體感，也就是語言的立體化。

像〈肥皂〉中對那位〝孝女〞的看法，雖僅藉主角〝四銘〞之口中說出：

〝就在大街上，有兩個討飯的。一個是姑娘，看去該有十八九歲了。--其實這樣的年紀，討飯是很不相宜的了，可是她還討飯。--和一個六七十歲的老的，白頭髮，眼睛是瞎的，坐在布店的檐下求乞。大家多說她是孝女，那老的是祖母。她只要討得一點什麼，便都獻給祖母吃，自己情願餓肚皮。可是這樣的孝女，有人肯布施麼？〞

〝哼，沒有。〞〝我看了好半天，只見一個人給了一文小錢；其餘的圍了一大圈，倒反去打趣。還有兩個光棍，竟肆無忌憚的說：〝阿發，你不要看得這貨色髒。你只要去買兩塊肥皂來，咯支咯支遍身洗一洗，好得很哩！〞哪，你想，這成什麼話？〞

〝我麼？--沒有。一兩個錢，是不好意思拿出去的。她不是平常的討飯，總得……。〞

然卻有三個角度的評論，第一個角度是圍觀者的同情，〝大家多說她是孝女〞；第二個角度是那兩個光棍的不同

情，〝只有齷齪的非份之想〞；第三個角度是四銘的〝既有同情又有非份之想〞。如此對同一事物的描述，便可讓語言產生立體化的感覺。

〈采薇〉中對於主角〝伯夷〞與〝叔齊〞，死於首陽山上的評論，亦有同功之妙，如：

> 有人說是老死的，有人說是病死的，有人說是給搶羊皮袍子的強盜殺死的。後來又有人說其實恐怕是故意餓死的，因為他從小丙君府上的鴉（ㄚ）頭阿金姐那裏聽來：這之前的十多天，她曾經上山去奚落他們了幾句，傻瓜總是脾氣大，大約就生氣了，絕了食撒賴，可是撒賴只落得一個自己死。

而阿金姐卻說：

> 這不是頂好的福氣嗎？〝老天爺的心腸是頂好的〞她說。〝他看見他們在撒賴，快要餓死了，就吩咐母鹿，用牠的奶去喂（餵）他們。您瞧，用不著種地，用不著砍柴，只要坐著，就天天有鹿奶自己送到你嘴裏來。可是賤骨頭不識抬舉，那老三，他叫什麼呀，得步進步，喝鹿奶還不夠了。他喝著鹿奶，心裏想，〝這鹿有這麼胖，殺它來吃，味道一定是不壞的。〞一面就慢慢的伸開臂膊，要去拿石片。可不知道鹿是通靈的東西，它已經知道了人的心思，立刻一溜煙逃走了。老天爺也討厭他們的貪嘴，叫母鹿從此不要去。您瞧，他們還不只好餓死嗎？那裏是為了我的話，倒是為了自己的貪心，貪嘴呵！……。〞

如此對同一件事情，卻因人之不同而有不同的看法，或

不同的感受之多角度描述方式，便會產生立體化的語言藝術效應，從而開拓了小說語言的表現力。

　　由此可見，小說在語言文字的運用技巧上，不僅是簡潔精練，又具有立體化的語言藝術。

第二節　形象的用語

　　語言雖是人與人之間溝通的工具，但它會隨著人物形象之不同，而產生不同的表達方式，或不同的語言形式。文人有文人的用語、潑婦有潑婦的用語，地皮無賴亦有他們之語言特徵。故形象與用語兩者間，講究的是要適當貼切，不能錯配，才能塑造人物形象，進而深化其特徵。茲列舉魯迅小說中的人物與用語說明之：

　　《吶喊》中：〈孔乙己〉的主角〝孔乙己〞，是位善良的舊社會文人形象，故他的語言就是：「滿口之乎者也」、「不多不多！多乎哉？不多也。」、「這……下回還清罷。這一回是現錢，酒要好。」等。

　　〈藥〉的〝劊子手康大叔〞，是位沒受過教育的粗人，故他的語言就是：「喂！一手交錢，一手交貨！」、「怕什麼？怎的不拿！」、「這老東西……。」等。

　　〈風波〉中：〝九斤老太〞之「我活到七十九歲了，活夠了，不願意眼見這些敗家相，－－還是死的好。立刻就要吃飯了，還吃炒豆子，吃窮了一家子！」、「這真是一代不如一代！」等用語，就知道她是個勤儉的農村老長輩。而〝七斤嫂〞之用語則是：

〝你老人家又這麼說了。六斤生下來的時候，不是六
斤五兩麼？你家的秤又是私秤，加重稱，十八兩秤；
用了準十六，我們的六斤該有七斤多哩。我想便是太
公和公公，也不見得正是九斤八斤十足，用的秤也許
是十四兩……〞、〝你這死屍怎麼這時候才回來，死
到那裏去了！不管人家等著你開飯！〞、〝阿呀，這
是什麼話呵！八一嫂，我自己看來倒還是一個人，會
說出這樣昏誕胡（糊）塗話麼？那時我是，整整哭了
三天，誰都看見；連六斤這小鬼也都哭，……〞

如此的用語，就知道她是個氣焰高張的婦女。

〈故鄉〉中：〝閏土〞是位善良純樸的農民，故他的用
語是：「水生，給老爺磕頭。」、「這是第五個孩子，沒有
見過世面，躲躲閃閃……」、「老太太。信是早收到了。我
實在喜歡的了不得，知道老爺回來……」、「阿呀，老太太
真是……這成什麼規矩。那時是孩子，不懂事……」、「冬
天沒有什麼東西了。這一點乾青豆倒是自家曬在那裏的，請
老爺……」等。而〝豆腐西施楊二嫂〞之「哈！這模樣了！
鬍子這麼長了！」、「不認識了麼？我還抱過你咧！」、「忘
了？這真是貴人眼高……」、「那麼，我對你說。迅哥兒，
你闊了，搬動又笨重，你還要什麼這些破爛木器，讓我拿去
罷。我們小戶人家，用得著。」、「阿呀阿呀，真是愈有錢，
便愈是一毫不肯放鬆，愈是一毫不肯放鬆，便愈有錢……」
等語言，就展露其貪小便宜的三八型婦女。

〈阿Q正傳〉的主角〝阿Q〞，在耍無賴時的語氣：「我
什麼時候跳進你的園裏來偷蘿蔔？」、「這是你的？你能叫
得他答應你麼？」等。

〈端午節〉的主角〝方玄綽〞，從他在講堂上發表的議論：「現在社會上時髦的都通行罵官僚，而學生罵得尤利害。然而官僚並不是天生的特別種族，就是平民變就的。現在學生出身的官僚就不少，和老官僚有什麼兩樣呢？〝易地則皆然〞……差不多的。但中國將來之可慮就在此……」以及「我不去！這是官俸，不是賞錢，照例應該由會計科送來的。」等用語，即顯示出其兼具官員與學者的現代知識份子形象。

《彷徨》中：〈祝福〉之〝衛老婆子〞的語言是：

> 〝阿呀阿呀，我真上當。……對不起，四老爺，四太太。總是我老發昏不小心，對不起主顧。幸而府上是向來寬洪（宏）大量，不肯和小人計較的。這回我一定荐一個好的來折罪……。〞、〝阿呀，我的太太！你真是大戶人家的太太的話。我們山裏人，小戶人家，這算得什麼？〞

如此充滿奉承之類的話，又配合語氣上的尖澀聲，即生動將三姑六婆的形象表露無遺，作者縱沒有描寫衛老婆子手足的動作，但讀者卻可從她的語氣上想像出其手舞足蹈之模樣，在作者小說的配角中，衛老婆子算是塑造得相當成功的一位。而〝柳媽〞的語言則是：

> 〝祥林嫂，你實在不合算。柳媽詭秘的說。再一強，或者索性撞一個死，就好了。現在呢，你和你的第二個男人過活不到兩年，倒落了一件大罪名。你想，你將來到陰司去，那兩個死鬼的男人還要爭，你給了誰好呢？閻羅大王只好把你鋸開來，分給他們。我想，這真是……。〞、〝我想，你不如及早抵當。你到土地廟裏去捐一條門檻，當作你的替身，給千人踏，萬

人跨，贖了這一世的罪名，免得死了去受苦。″
如此亦把舊社會裏一般迷信的婦女形象展現出來。

〈長明燈〉的主角″他″，低聲且溫和的說：「我叫老
黑開門，就因為那一盞燈必須吹熄。你看，三頭六臂的藍臉，
三隻眼睛，長帽，半個的頭，牛頭和豬牙齒，都應該吹熄……
吹熄。吹熄，我們就不會有蝗蟲，不會有豬嘴瘟……。」、
「你吹？不能！不要你們。我自己去熄，此刻去熄！」、「我
不回去！我要吹熄他！」、「我放火」等語言，即將一位精
神病患的形象，活生生展現在讀者眼前。

〈傷逝〉的女主角″子君″，僅用：「我是我自己的，
他們誰也沒有干涉我的權利！」與「那算什麼。哼，我們幹
新的。」這兩句話，即把現代知識份子的婦女形象表露無遺。

〈離婚〉中：主角″愛姑″是位潑辣強悍的婦女，故她
所用的語言就是：

> ″我倒並不貪圖回到那邊去，八三哥！我是賭氣。你
> 想，″小畜生″姘上了小寡婦，就不要我，事情有這
> 麼容易的？″老畜生″只知道幫兒子，也不要我，好
> 容易呀！七大人怎樣？難道和知縣大老爺換帖，就不
> 說人話了麼？″、″要撇掉我，是不行的。七大人也
> 好，八大人也好。我總要鬧得他們家敗人亡！″、″那
> 我就拼出一條命，大家家敗人亡。″

而″慰老爺″與″七大人″是地主官僚階級的人物，故
前者說話的口氣是：「就是你們兩個麼？」、「你的兒子一
個也沒有來？」、「你們也鬧得夠了。……愛姑既然丈夫不
對，公婆不喜歡……。也還是照先前說過那樣：走散的好。」

等。後者則是：「年紀青青（輕輕）。一個人總要和氣些：〝和氣生財〞。對不對？我一添就是十塊，那簡直已經是〝天外道理〞了。要不然，公婆說〝走！〞就得走。莫說府裏，就是上海北京，就是外洋，都這樣。」、「來～～兮！」等。

〈懷舊〉的主角〝禿先生〞，是位舊社會的私塾老師，故他的語氣充滿腐朽文人意味：「孺子勿惡作劇！食事既耶？盍歸就爾夜課矣。」、「汝作劇何惡，讀書何笨哉？」、「耀宗兄耶？……進可耳。」等。

由此可見，小說對於形象用語的技巧，即在搭配上的適當與貼切，什麼樣人物，講什麼樣語言，一切盡乎邏輯。

第三節　民俗的描繪

在小說的描述語言中，不管是人名、景物，或方言等方面，大都帶有區域性風俗習慣之特徵，有的民俗是中華民族普遍存在的，有的民俗則僅屬地方性而已。茲列舉魯迅的作品說明之，並從人物命名、景物觀念，以及方言俗語三方面來探討：

一、人物命名：

中國人取名，基本上都是有其含義，這種含義，有的屬民族性之特徵，有的則屬地方色彩。像魯迅《吶喊》中〈故鄉〉的〝閏土〞、〝水生〞與《彷徨》中〈離婚〉的〝莊木三〞等名字，是依戰國・鄒衍之〝陰陽五行〞思想，[7]發展而

---

7 鄺士元：《中國學術思想史》，（香港：波文書局，1983年9月），

來的金、木、水、火、土五行相生相剋之說來命名的。中國人對小孩取名，向來喜歡找相命先生依其〝八字命名〞，並以五行中所屬：在天干為，甲乙屬木、丙丁屬火、戊己屬土、庚辛屬金、壬癸屬水；在地支為，子屬水、丑屬土、寅屬木、卯屬木、辰屬土、巳屬火、午屬火、未屬水、申屬金、酉屬金、戌屬土、亥屬水。依此排起的八字中，有可能五行齊全，亦有可能缺一行或兩行以上，故算命先生皆會依五行相生相剋原理，就其所缺的部分由名字上來補足。

例如缺金者，那名字中必有一個〝金〞字，或以金為偏旁的字，如缺兩行以上者，就依此類推。另〈祝福〉裏的〝阿毛〞[8]與〝阿牛〞等名字，亦是相命先生依其〝八字批命〞，若命格貴氣太重，恐不容易養活，故取〝阿貓〞、〝阿狗〞、〝阿牛〞等低賤動物為名，以象徵小孩也能如這些低賤動物的生命力那麼強，那麼好養。這兩種命名方式，在中國大部分地區是很普遍存在著的習俗。

又中國民族性的另一個特徵，即在舊社會之夫權至上下，所有結婚過的婦女，大多以冠上夫姓或夫名來稱呼。如《吶喊》中〈藥〉的〝華大媽〞與〝夏四奶奶〞，〈明天〉的主角〝單四嫂〞與〝王九媽〞，〈風波〉的〝七斤嫂〞與〝八一嫂〞，〈故鄉〉的〝楊二嫂〞。《彷徨》中〈祝福〉的主角〝祥林嫂〞與〝柳媽〞等。而〈風波〉的〝趙七爺〞，〈阿Q正傳〉的〝趙太爺〞，〈祝福〉的〝魯四老爺〞等名字，亦是舊社會對地主階級人物之稱呼。

P.83。
8　〝阿毛〞在魯迅的故鄉紹興，是貓的意思；見裘士雄等著：《魯迅筆下的紹興風情》，（浙江：教育出版社，1994年11月），P.4。

　　而《吶喊》中〈風波〉的〝九斤老太〞、〝七斤〞，以及〝六斤〞等名字，是依嬰兒降生時之體重來命名；〈社戲〉的〝桂生〞，是以嬰兒出生之時令來取名。在浙東一帶，一月叫茶月、二月叫杏月、三月叫桃月、四月叫梅月、五月叫榴月、六月叫荷月、七月叫鳳仙月、八月叫桂月、九月叫菊月、十月叫芙蓉月、十一月叫荔枝月、十二月叫臘月，可見桂生大概是八月生的小孩。〈社戲〉的〝六一公公〞與《彷徨》中〈離婚〉的〝八三〞等名字，是以祖父母或父母親生下這小孩時之年歲來命名。另〈離婚〉中亦有一位人物叫〝汪得貴〞，〝得貴〞顧名思義，就是獲得榮華富貴，但為何要在前面冠上〝汪〞字（汪字與枉然的枉字音相近），使意思相反呢？這是諷刺那些長得高大卻又不懂事的少年為〝枉長白大〞之意。前此命名方式，據現任〝紹興魯迅紀念館館長〞裘士雄的研究，係皆是紹興的風俗習慣。[9]還有〈藥〉裏的〝駝背五少爺〞與〝紅眼睛阿義〞，〈明天〉裏的〝紅鼻子老拱〞與〝藍皮阿五〞，以及〈懷舊〉裏的主角〝禿先生〞，亦是紹興地方流行的叫法，以其生理缺陷部分來稱呼他。

　　至於《吶喊》中〈孔乙己〉的主角〝孔乙己〞，〈阿Q正傳〉的主角〝阿Q〞，《彷徨》中〈高老夫子〉的主角〝高爾礎〞等名字，僅作者為配合小說人物形象之需要而定，並無其他民俗上的特徵。而〈端午節〉的主角〝方玄綽〞，〈白光〉的主角〝陳士成〞，〈在酒樓上〉的主角〝呂緯甫〞，〈傷逝〉的主角〝史涓生〞與〝子君〞等名字，則是中國人最普遍的取其音義、字義，或筆劃等含義來命名，亦別無其他特殊之風俗習慣。當然，若從外國人立場來看這種取名方法，自有其〝區域性〞的特徵。

---

[9] 同前註，PP.1~11。

二、景物觀念：

　　小說中所描述之景物觀念，亦有些東西是屬中國民族性所獨有，也有些東西則屬地方性色彩。如魯迅《吶喊》中〈風波〉的〝辮子事件〞，〈阿Q正傳〉中對〝長辮子〞的描寫，以及〈頭髮的故事〉中所談論之〝中國人辮子〞，都說明了辮子是中國舊社會民族性所獨有的特徵。誠如作者在〈頭髮的故事〉中借N先生說：

> 〝老兄，你可知道頭髮是我們中國人的寶貝和冤家，古今來多少人在這上頭吃些毫無價值的苦呵！〞〝我們的很古的古人，對於頭髮似乎也還看輕。據刑法看來，最要緊的自然是腦袋，所以大辟是上刑；次要便是生殖器了，所以宮刑和幽閉也是一件嚇人的罰；至於髡，那是微乎其微了，然而推想起來，正不知道曾有多少人們因為光著頭皮便被社會踐踏了一生世。〞

又說：

> 〝頑民殺盡了，遺老都壽終了，辮子早留定了，洪楊又鬧起來了。我的祖母曾對我說，那時做百姓才難哩，全留著頭髮的被官兵殺，還是辮子的便被長毛殺！〞〝我不知道有多少中國人只因為這不痛不癢的頭髮而吃苦，受難，滅亡。〞

　　可見留長辮子不僅是清朝時代舊社會中國人的特徵，在實質上雖是一件不痛不癢之事，然在象徵意義上，卻代表著漢民族屈服異族統治的標誌，誰不願遵守，就是反抗政府而要被殺頭，故不知有多少人因而受難、吃苦，甚至滅亡等。

〈風波〉中主角〝七斤〞手中的〝湘妃竹煙管〞、〈阿Q正傳〉中主角〝阿Q〞的〝煙管〞，以及〈離婚〉中〝莊木三〞的〝長煙管〞等，亦是中國舊社會很普遍存在的東西，凡有吸煙之人，閒來無事總持長煙管抽著，不過長煙管的質料與長短不一，各按身份地位及需要而定。〈阿Q正傳〉與〈白光〉裏所談到的〝科舉考試〞[10]，也是中國民族性所獨有的特徵，它是舊社會讀書人唯一正途，金榜不題名，除非家裏有錢，否則大都落得非常淒慘，作者筆下的主角〝陳士成〞即是活生生例子。而〈狂人日記〉中所說的〝吃人心肝可以壯膽〞，〈藥〉中所說的〝吃人血饅頭可治〝小栓〞的癆病〞，以及〈明天〉中的〝何小仙〞，以五行觀念來治病，認為心、肺、肝、脾、腎五臟與火、金、木、土、水五行是相對應，故他診斷〝寶兒〞時說：〝這是火剋金……〞，意思即為〝心火〞剋〝肺金〞，結果小栓與寶兒皆一命歸西。

　　《彷徨》中〈祝福〉的主角〝祥林嫂〞，不願再嫁想一死以保節烈，故拜堂時一頭撞在香案角上，鮮血直流，旁人趕快用兩把香灰包上兩塊紅布止血。〈弟兄〉的中醫〝白問山〞，除錯把〝疹子〞診斷為〝腥紅熱〞外，還把能否治好歸在〝府上的家運〞，這種不負責任之推託詞，在舊社會是

---

10 科舉考試是中國古代國家用考試選拔官員的制度。在隋朝文帝開始設科取士，隋煬帝始置進士科，成為制度。唐代增置秀才、明法、明書、明算等科。武則天創行殿試，並增設武舉。明代的科舉制度更為完備。省每三年舉行鄉試，中者稱舉人。京城三年舉行舉人會試，中者稱貢士。貢士參加皇帝主持的殿試，分三甲取錄。一甲三名，賜進士及第。第一名通稱狀元，第二、三名通稱榜眼、探花；二甲若干人，賜進士出身；三甲若干人，賜同進士出身。分別授翰林院修撰、編修、庶吉士等官。清沿明制。1905年（清朝末年）推行學校教育後科舉制廢除。見廖瑞銘主編：《大不列顛百科全書》中文版第八冊，（臺北：丹青圖書公司，1987年），PP.196、197，科舉條。

極為普遍的，即到現在亦是常見。此等大都是中國醫學上的巫醫，或偏方等觀念，真不知殘害多少生靈。故魯迅就曾很感慨的說：

> 我還記得先前的醫生的議論和方藥，和現在所知道的比較起來，便漸漸的悟得中醫不過是一種有意的或無意的騙子，同時又很起了對於被騙的病人和他的家族的同情。[11]

當然，這並非否定中醫之價值與貢獻，只是它參雜太多不正確的醫學常識、迷信等觀念，甚常被有心人拿來詐財劫色之用。另〝婦女節烈〞的觀念，在中國舊社會之民族性上，亦是一大特徵：〈祝福〉的祥林嫂，為守節寧願撞香案自殺；〈阿Q正傳〉的〝吳媽〞，雖僅是阿Q向她求愛，就引起吳媽的大吵大鬧甚要自殺，這是她深知〝男女之大防〞的緣故。作者還運用誇張手法來進行描繪：

> 彷彿從這一天起，未莊的女人們忽然都怕了羞，伊們一見阿Q走來，便個個躲進門裏去。甚而至於將近五十歲的鄒七嫂，也跟著別人亂鑽，而且將十一歲的女兒都叫進去了。

可見這些婦女躲開阿Q，就像在逃避洪水猛獸一樣的可怕，此正反映著節烈觀念已深植婦女民心。以上所舉，均是中國民族性上所獨有的特徵。

至於屬地方性色彩者，最引人注目自然是作者的故鄉紹興之風俗描寫。像《吶喊》中〈孔乙己〉與〈明天〉等所提

---

11 魯迅：〈吶喊‧自序〉《魯迅全集》第一卷，（北京：人民文學出版社編出，1993 年），P.416。

到的〝咸亨酒店〞、〝黃酒〞。[12]〈藥〉中的〝古口亭口〞
（古軒亭口）。〈風波〉中〝六斤〞捏著一把豆吃，〝九斤
老太〞罵她〝立刻就要吃飯了，還吃炒豆子。〞〈社戲〉中
〝雙喜〞、〝桂生〞與〝阿發〞偷豆的情形，《彷徨》中〈祝
福〉的〝阿毛〞剝豆等，此皆指紹興的特產〝羅漢豆〞。而
〈孔乙己〉中的〝茴香豆〞，亦是以羅漢豆製成的。[13]但〈故
鄉〉中〝閏土〞送給魯迅那一包〝乾青豆〞，就不是羅漢豆
做的，而是鮮黃豆做的。〈故鄉〉中閏土所戴的〝氈帽〞與
〈阿Q正傳〉中阿Q押給〝地保〞做酒錢的氈帽，是紹興農民
之標誌。而閏土頭上所套上之〝銀項圈〞，亦是紹興的習俗，
父母怕孩子死去就在神佛面前許願套上去的。〈肥皂〉中〝四
銘太太〞與〝秀兒〞在〝糊紙錠〞賺錢，這也是紹興很流行
的婦女家庭副業。

　　此等皆是紹興的地方特色，尤其〈風波〉中鄉村臨河土
場烏臼樹下的晚餐、〈故鄉〉中海邊金黃的沙地和碧綠的西
瓜田、〈社戲〉中紹興水鄉的夜景和各式大小黑白篷船穿梭
於縱橫交錯的河流中等多姿多態之風俗景物，更是紹興所獨
有。[14]

　　另〈離婚〉中莊木三帶六位兒子去折平施家的爐灶，這
也是舊時紹興等地農村的一種風俗觀念，意思是當民間發生
糾紛時，一方將對方的鍋灶拆掉，是給對方很大侮辱。[15]而

---

[12] 裘士雄等著：《魯迅筆下的紹興風情》，（浙江：教育出版社，1994
年11月），P.157。

[13] 裘士雄等著：《魯迅筆下的紹興風情》，（浙江：教育出版社，1994
年 11 月），P.186。

[14] 同前註，PP.21~187。

[15] 魯迅：〈彷徨・離婚〉《魯迅全集》第二卷，（北京：人民文學出
版社編出，1993年），P.154，註釋二條。

〈長明燈〉中的那一盞〝長明燈〞，亦屬於地方性特色，然據周作人的考據，仍無法確定〝吉光屯〞在什麼地方。[16]至於裘館長謂：民間祭神活動等所演的〝社戲〞，〈阿Q正傳〉中的〝押牌寶〞、〝土穀祠〞、〝靜修庵〞，〈祝福〉中的年終〝送灶神〞，〈藥〉中的〝茶館〞[17]等，皆是作者筆下的紹興風情。但必須指出的，此非僅紹興所獨有，這種民間風俗習慣，在中國絕大部分地區均是常見。

三、方言俗話：

方言俗話雖有地域的局限，然卻有其特殊的表現力，故在魯迅小說作品之語言中，就採擷不少其故鄉紹興方言俗話，來生動的刻畫人物形象，以反映紹興人們的精神面貌，並增進鄉土文學之氣息。像《吶喊》中〈阿Q正傳〉的主角〝阿Q〞，伸手去〝摩〞小尼姑的頭皮，這個動作亦可以用〝摸〞或〝撫〞等詞語來表示，但摸字就如長輩對晚輩摸著頭，撫字就如情侶間撫著頭，這兩者間僅止於感情的傳達而已。而摩字就不同，它本身帶有猥褻性的行為，作者所要塑造阿Q對小尼姑的動作，即是帶有這種行為，故使用摩字就比其他字表達得更深刻。

再如趙太爺說：「這也怕要結怨，況且做這路生意的人大概是〝老鷹不食窩下食〞，本村倒不必擔心的；只要自己夜裏警醒點就是了。」這裏作者用了〝老鷹不食窩下食〞這句紹興諺語來塑造趙太爺的老謀深算。因當時如果把阿Q趕

16　周遐壽（周作人）：《魯迅小說裏的人物》，（上海：出版公司，1954年4月），PP.179、180。
17　同註229，PP.1~11。

出未莊，不但會與他結怨，且想從阿Q的贓物中賺點便宜也會落空，如此一句諺語就把趙太爺那種既貪又怕的心理刻畫出來。〈端午節〉的主角〝方玄綽〞說自己是：〝文不像謄錄生，武不像救火兵。〞意思是說文的不會抄抄寫寫，武的不會提水救火。這是紹興帶諷刺性的俗語，專譏笑那些什麼事也不會幹的無用之輩。

《彷徨》中〈祝福〉的主角〝祥林嫂〞被婆家搶走後，魯四嫂很生氣的對衛老婆子說：〝你自己荐她來，又合伙劫她去，鬧得沸反盈天的，大家看了成個什麼樣子？你拿我們家裡開玩笑麼？〞這其中〝沸反盈天〞亦是紹興成語，一方面表現祥林嫂烈女不事二夫的觀念，不願再嫁，因此在她被搶時勢必極力反抗。另一方面，由於出自魯四嫂之口，也就說明了她對祥林嫂被搶的事，非常不滿。〈肥皂〉的主角〝四銘〞，在街上替她太太買了一塊肥皂回家，〝他好容易曲曲折折的匯出手來，手裏就有一個小小的長方包，葵綠色的，一徑遞給四太太。〞這其中之〝匯〞字也是紹興語匯，是倍加斟酌過的、慢慢地的意思，作者用這個字，不但貼切而且傳神，它將四銘購買這塊肥皂的背景動機之心理狀態，表現得淋漓盡致。

再如〈孔乙己〉中主角〝孔乙己〞，〝排〞出九文大錢之神氣相，短衣幫酒客奚落孔乙己〝連半個秀才也撈不到〞。〈藥〉中康大叔一手〝撮〞著人血饅頭的兇狠相，茶客說夏瑜勸牢頭造反是〝老虎頭上搔癢〞。〈風波〉中七斤嫂把一碗飯〝搡〞在主角〝七斤〞面前的懊惱相，罵丈夫是〝死屍〞、〝囚徒〞，又對著八一嫂罵六斤是〝偷漢的小寡婦〞，八一嫂回罵說〝你恨棒打人〞（意思是說你打自己的孩子，恨氣卻發向別人），而七斤在六斤打破碗時，罵了一句：〝入娘

的〞。〈離婚〉中主角〝愛姑〞，罵夫家個個都像〝氣殺鍾馗〞（面目兇惡之意），從〝殺頭的癩皮狗〞罵到〝小畜生〞、〝老畜生〞等，而莊木三當愛姑說〝連爹也看得賠貼的錢有點頭昏眼熱了〞時，也隨口罵女兒〝你這媽的！〞，而慰老爺勸愛姑不要再與施家鬧了說：〝冤家宜解不宜結〞，七大人則附和說：〝年紀輕輕，一個人總要和氣些：〝和氣生財〞，對不對。〞

　　《故事新編》中〈理水〉的〝愚人〞說：〝真也比螺螄殼裏道場還難〞（很困難的意思）。〈出關〉的主角〝老子〞說：〝我橫豎沒有牙齒，咬不動〞，而關尹喜說：〝我道是誰〞，賬房說：〝來篤話啥西，俺實直頭聽弗懂！〞（意思是在講什麼呀！我實在聽不懂！）等。[18]諸如此類之方言、土語、俗語、諺語等，實不勝枚舉，作者善用故鄉地方性的語言特色，對其作品的人物形象之塑造，及其主題的深化自然起了一定作用。

　　由此可見，小說的描述語言中，不管是人物命名、景物觀念、方言俗話等方面，或不管是屬中國民族性的特徵，或屬地方性色彩者，皆要抓得住重點，以突顯其各自的特徵，使作品充滿民族性風格，以及濃厚的鄉土特色。

第四節　修辭的技巧

　　所謂〝**修辭**〞（Stylistic device），《禮記》中說：

---

[18] 裘士雄等著：《魯迅筆下的紹興風情》，（浙江：教育出版社，1994年11月），PP.12~20。

情欲信，辭欲巧。[19]

黃慶萱也說：

> 修辭學是研究如何調整語文表意的方法，設計語文優美的形式，使精確而生動地表出說者或作者的意象，期能引起讀者之共鳴的一種藝術。[20]

可見修辭對文章表達效果的影響之大，亦是古、今作家非常重視的手法。茲就列舉魯迅在修辭方面的運用技巧，探究如下，並以象徵、倒反，以及詞彙等語言文字分析之：

一、象徵語言文字：

所謂〝象徵〞（Symbol），意指通過某一個具體的形象來暗示另一個事物，也就是利用象徵物和被象徵的內容在一定的經驗條件下之類似或聯繫，使被象徵的內容得以強烈表現出來，具有如王夢鷗教授所說的〝朦朧性和可想像的性質〞[21]。象徵是文藝創作的一種表現手法，而語言是人類雙方思想、心意傳達的一種工具。在現實生活裏，語言只要能完成溝通目的即可，至於藝不藝術，美不美那倒是其次問題。但在文學裏的語言就不同，它不僅講究藝術，亦講究審美，它除是曖昧的，也是象徵性的，是一種心靈感受較敏銳之文學凝結。尤其像小說，它不是給出一個具體現象的世界，而是給讀者一個抽象的，且具有幻想空間之天地，所以它的語言

---

19 〈禮記〉《十三經注疏》第五冊，（臺北：藝文印書館編出，民六十二年五月），P.920。

20 黃慶萱：《修辭學》，（臺北：三民書局，民六十七年七月），P.9。

21 王夢鷗：《中國文學理論與實踐》，（臺北：時報文化出版公司，1995年11月3日），PP.238~240。

就必須使用象徵性且曖昧的，超出我們日常生活中慣用的沿襲語法，因小說之精神不在其外貌的顯示，而在其內涵的呈現。故周伯乃說：

> 小說語言的象徵性，不外乎是運用譬喻、隱喻、暗示……等法則將作者的無形的抽象的意念，藉有形的具象表現出來，這也就是所謂象徵性。[22]

又說：

> 現代小說的語言，是一種獨創的語言。它所賦予讀者的是豐富的意義和聯想，它不是給出文字的本身的意義，而是要求讀者能從文字以外感出更多的意義。[23]

可見象徵性的曖昧語言，本身就充滿著不確定性，故能讓讀者有另一層的想像空間，以增加作品之意蘊內涵。相對的，也因如此才會產生眾說紛紜，莫衷一是的現象。例如〈狂人日記〉中之主角〝狂人〞，有人說他是一個真正的〝病狂〞，亦有人說他是一個完全〝清醒〞的反舊社會戰士，當然也有人說他是〝病狂與清醒〞的混合體，然倒底是病狂者抑是清醒者則不得而知，各說各話，各隨自己的體認而定。不過作者採用象徵性的手法倒是大家所認同，誠如范伯群說：

> 象徵主義手法在《狂人日記》之中實在是全文的魂魄和主宰。[24]

---

22 周伯乃：《現代小說論》，（臺北：三民書局，民六十三年五月），P.21。
23 同前註，P.23。
24 范伯群、曾華鵬：《魯迅小說新論》，（北京：人民文學出版社，1986年10月），PP.21、22。

沈雁冰亦說：

> 這奇文中冷雋的句子，挺峭的文調，對照著那含蓄半
> 吐的意義，和淡淡的象徵主義的色彩，便構成了異樣
> 的風格，使人一見就感著不可言喻的悲哀的愉快。[25]

　　故我們可以確定，作者塑造〝狂人〞這個形象，並不是
要給讀者一個現實世界，而是一個象徵性的觀念世界。當
然，我們並不否認這個象徵世界是以現實生活為依據，狂人
之潛意識與心理幻覺是源於現實的生活，具有現實性，但在
作品中之現實性並不是它的本質特點，而是要通過自己的現
實性去展現其中所包含的象徵意義，此才是它存在的價值。
狂人之覺醒，不僅是求得自己個性的解放，也要求改變〝從
來如此〞之舊社會觀念，規勸〝吃人的人要真心悔改〞，並
喊出救救孩子。由此，在他身上便體現了平等、自由、博愛
之人道主義思想，這才是作者採用象徵性手法的真諦。

　　象徵性是作家貫用的一種創作手法，它常讓作者與讀者
間產生意想不到之意蘊效果，因其象徵物與象徵意義兩者
間，並不是一對一的簡單對應關係，而可能是一對二，或以
上之複雜多樣的關係，如寓言、借代、明喻、暗喻等方面之
運用，皆可令其象徵的意蘊空間擴大。誠如黑格爾說：

> 作為象徵的形象而表現出來的作品，一方面顯出它自
> 己的特徵，另一方面顯出個別事物本身。因此，這個
> 階段的象徵形象仿佛是一種課題，要求我們去探索它

---

25 沈雁冰：〈讀《吶喊》〉《魯迅研究學術論著資料匯編》第一卷，
　　（北京：中國文聯出版公司，1985年10月），P.34。

背後的內在意義。[26]

　　而這個背後內在意義的探索，又直接與讀者之認知差距而呈現多樣化的結果，此便是象徵性手法的唯妙之處。當然，亦不能如馮光廉所說的：

> 誠然，象徵主義是強調自由聯想的，但也是不必過於深究索微的。如果說有象徵性的話，那恐怕也只能限制在這樣的意義上：……應該注意象徵的合理性，不要搞微言大義，絕對自由，漫無邊際，過分隨意，難以捉摸，會把魯迅小說的研究引向邪路的，重蹈幾十年前〝烏鴉象徵革命〞的覆轍。[27]

　　以下我們將對小說之象徵性語言做分析，並列舉魯迅《吶喊》之〈狂人日記〉、〈藥〉、〈阿Q正傳〉；《彷徨》之〈祝福〉、〈長明燈〉、〈傷逝〉等作品說明之：

　　〈狂人日記〉中的〝古久先生〞，他是象徵著中國幾千年來舊社會的傳統思想。〝陳年流水簿〞，亦象徵著專記載中國長期受傳統思想統治的歷史書籍。主角〝狂人〞把古久先生之陳年流水簿踹了一腳，則象徵著對舊社會思想的反叛精神。甚至狂人眼中的〝趙貴翁〞，或〝趙家的狗〞，也象徵代表著舊社會之維護勢力。〝獅子似的凶心〞，暗喻著吃人者之凶狠殘暴的本性，必須打倒。〝兔子的怯弱〞，亦暗喻著吃人者表面雖強硬，裏面卻非常怯弱，是可以打倒的。〝狐狸的狡猾〞，則暗喻吃人者善於玩弄權謀，施展鬼計誘

---

26 德・黑格爾著，朱光潛譯：《美學》第二卷下冊，（北京：商務印書館，1979年11月），PP.28、29。

27 馮光廉：《魯迅小說研究》，（天津：人民出版社，1989年10月），P.196。

人上當受騙，改革者絕不能大意輕心。小說開頭所寫的〝月光〞，亦隱含著雙關之意，一則是指現實生活中的月色，二則具有光明的象徵。〝黑漆漆的不知是日是夜〞也有雙關之意，一則是指主角對自己所處現實環境的感受，二則象徵著舊社會的恐怖黑暗。

在〈藥〉中，作者把一座座埋著死刑和窮人的叢塚，比喻為〝宛然闊人家裏祝壽時候的饅頭〞，這是作者以對照手法，比喻著窮人正不斷的餓死，而富人仍津津有味享受他們的美食，革命者卻為要改革這種不平等現象而一一被槍殺。而在〝夏瑜〞墳上的「枯草支支直立，有如銅絲。」、「那烏鴉也在筆直的樹枝間，縮著頭，鐵鑄一般站著。」這些象徵語言，除在強調出周圍像死一般的靜和淒清外，烏鴉在中國民間的觀念上，向來被視為不祥之物，故當它和墳場、死亡聯繫一起時，就更使環境凸顯其陰慘，以及夏瑜之死的悲劇感。所以，魯迅就曾說：「《藥》的結尾具有〝安特萊夫式的陰冷。〞」[28]至於出現在夏瑜墳頭的〝花環〞，則象徵著革命力量的繼續，希望仍在未來。

〈阿Q正傳〉中的主角〝阿Q〞，雖是一個具體之象徵形象，是一個生活沒保障，肉體受盡欺凌的被害者，然描寫他的可憐相並不是其目的，作者塑造阿Q這個形象，其主要在於通過阿Q在現實生活裏，為了保持自己的存在、為了維持精神上的平衡，以一種〝精神勝利法〞，來補償現實中的痛苦、屈辱、失敗等事情。由阿Q這個象徵形象的實質點去體現出〝精神勝利法〞的象徵意義，此才是作者目的。〈阿Q

---

[28] 魯迅著、趙家璧主編：〈中國新文學大系小說二集‧導言〉《中國新文學大系》第四集，（上海：良友圖書公司，民二十五年），P.1476。

正傳〉在最後一章〝大團圓〞中，回想到四年之前的「狼眼睛，又兇又怯，閃閃的像兩顆鬼火，似乎遠遠的來穿透了他的皮肉。」這裏以餓狼之兇狠可怕來烘托氣氛的恐怖，以突出阿Q的惶恐、緊張。接著又以「而這回他又看見從來沒有見過的更可怕的眼睛了，又鈍又鋒利，不但已經咀嚼了他的話，並且還要咀嚼他皮肉以外的東西，永是不遠不近的跟他走。這些眼睛們似乎連成一氣，已經在那裏咬他的靈魂。」作者這段描寫的象徵意味極濃，那〝更可怕的眼睛〞，不就是暗示著吃人之〝舊社會的傳統思想〞嗎？

　　在〈祝福〉中，有關拿擺祭神祀祖供品的這段描述裏，作者亦是採象徵性手法。主角〝祥林嫂〞是位嫁而寡，再嫁又是寡的婦女，在中國人傳統觀念是位〝不祥之物〞，在〝魯四老爺〞眼中更是傷風敗俗的穢物，故盡管平常的奴隸工作，都支使她做，然在祭祀時卻不願她沾手，因「不乾不淨，祖宗是不吃的。」這表面上雖僅剝奪她拿擺供品之權利，而實際上卻是奪走她起碼為人的權利。她用盡所有積蓄，捐門檻，無非為了改變這個傳統觀念對她的枷鎖，重新爭回拿擺供品，做起碼為人之權利。然當她捐了門檻後「神氣很舒暢，眼光也分外有神。」便很坦然去拿酒杯和筷子時，卻被〝魯四嬸〞慌忙大聲說：「你放著罷，祥林嫂！」而使「她好像是受了炮烙似的縮手，臉色同時變作灰黑。」四嬸這句話已判她死刑，令她絕望，無論她怎麼努力怎麼做都沒有用。如此便超越了神權迷信思想的範圍，而成為祥林嫂〝人的權利價值〞之象徵物，同時也寄托作者對人民連做個奴隸都不可得的悲慘境遇之憂憤。

　　〈長明燈〉中的〝長明燈〞，亦有濃厚之象徵色彩，據吉光屯的老年人說，這盞長明燈是〝梁武帝〞點起的，一直

傳下來沒有熄過。如果「那燈一滅，這裏就要變海，我們就都要變泥鰍。」天下也從此毀滅。很顯然的，魯迅賦予長明燈之象徵意義，即在於延續千百年的舊社會制度傳統。而主角〝瘋子〞在這一片愚妄守舊的環境中，不為舊社會勢力所蒙騙屈服，堅持要吹熄長明燈，破除迷信。如此亦超越了〝熄燈〞這具體行動的意義，從而體現覺醒者敢於改革舊社會之大無畏精神，縱他被關進木柵房裏，橫遭小孩隨口編派的歌謠嘲弄，他仍要發出「我放火！」、「此刻熄，自己熄。」的呼喊。瘋子如此之遭遇，也正暗喻著舊社會的罪惡與殘忍，而〝放火〞要燒掉那座放置長明燈的大殿，不也就是象徵著要摧毀舊社會之傳統制度嗎？

〈傷逝〉是篇憂鬱、深沉的抒情小說，作者以手記體形式來揭示一位青年之悔恨和悲哀，並帶著沉重的心理負擔與複雜情感，要重新面對未來的道路。所以作者對作品氣氛之營造，也採象徵性手法，使其淒涼、陰郁，又滲透著深深的、含蓄的情感。當男主角〝史涓生〞懷著悔恨和悲情，再次的回到「依然是這樣的破窗，這樣的窗外的半枯的槐樹和老紫藤，這樣的窗前的方桌，這樣的敗壁，這樣的靠壁的板床。」以及看到那隻已失去主人，「瘦弱的、半死的、滿身灰土的」小狗阿隨。唉！故地重返，睹物傷情，真是令人無不感嘆、唏噓！

由此可見，小說的象徵性語言，不管在人物形象、故事情節、或景物氣氛上等方面之描述，大都呈現著不同程度的象徵色彩，其色彩之厚薄偏向，全依作品本身需求而定。像〈藥〉與〈傷逝〉等作品的象徵色彩就偏重於景物氣氛上，〈阿Q正傳〉等作品較偏重於人物形象的象徵意義上，〈祝福〉等作品較偏重於故事情節上，而〈狂人日記〉與〈長明

燈〉等作品則在人物形象上，或故事情節、景物氣氛等方面，都充滿濃厚的象徵色彩。這是作者一向所貫用〝畫眼睛〞之重點式筆法，以深化某個主題的表達為主。

二、倒反語言文字：

　　所謂〝反語〞（Sarcasm），意指用相反的話語來表達本意，即是反語，它常被運用於嘲弄諷刺方面。在諷刺手法上雖是多種多樣，然反語是其主要的技巧之一，擅長諷刺的作家更離不開反語之運用。茲列舉魯迅《吶喊》的〈風波〉、〈阿Q正傳〉；《彷徨》的〈幸福的家庭〉、〈肥皂〉，以及〈懷舊〉等作品說明之：

　　在〈風波〉中，作者以讚賞之語氣稱〝趙七爺〞的博學時說：「趙七爺是鄰村茂源酒店的主人，又是這三十里方圓以內的唯一的出色人物兼學問家；因為有學問，所以又有些遺老的臭味。他有十多本金聖嘆批評的《三國志》，時常坐著一個字一個字的讀；他不但能說出五虎將姓名，甚而至於還知道黃忠表字漢升和馬超表字孟起。」這其中之《三國志》是〝一個字一個字的讀〞、〝還能說出五虎將姓名〞，即是反語諷刺其博學。

　　〈阿Q正傳〉中的主角〝阿Q〞，把在欺負無辜小尼姑後的得意，說成是「中國精神文明冠於全球的一個證據」此亦是魯迅運用反語諷刺之筆法。

　　〈幸福的家庭〉中的主角〝作家〞，成天坐著虛構充滿羅曼蒂克的幸福家庭，並自己陶醉於這種浪漫之情趣中。而在現實生活裏的粗俗太太，卻時時打斷其思路，尤其堆放在

書桌下的一堆Ａ字形大白菜，總是干擾著他情緒，讓他連想靜靜的寫篇文章，撈幾文稿費維持生活都不可得。可見〝幸福的家庭〞，就是家庭不幸福的反語。

〈肥皂〉中的主角〝四銘〞，在他買肥皂送給太太的動機被識破後，受到全家之嘲笑時，居然把自己比喻成〝孝女〞一樣，「成了〝無告之民〞，孤苦零丁了。」此自然也是作者所使用的反語諷刺其偽道者之心態。

而〈懷舊〉中，迂腐守舊、圓滑世故，又善於為地主出謀略的主角〝禿先生〞，則被稱為〝第一智者〞。還有作品的題名如：〈狂人日記〉中的〝狂人〞，其實是位很清醒的舊社會改革者；不能治病的〈藥〉；〈阿Ｑ正傳〉中的〝正傳〞，是用來描寫一位低層社會的可憐蟲；家庭不幸福的〈幸福的家庭〉等標題，皆很能顯示其反語效果。

可見小說在反語的運用上，是讓讀者經過一番比較分析之後，才揣摩出其用意，不直接顯露出來。如此不但可增強作家思想的力度，以及其批判的沖擊力，更能使其諷刺〝憂憤深廣、辛辣有力〞。

三、詞匯語言文字：

所謂〝詞匯〞(Vocabulary)或稱語匯，意指一種語言裏所有的詞和固定詞組的總匯，是構成語言的材料。馮光廉說：

> 如果說一個個散漫的沒有組織的語言符號還僅僅是
> 一片荒漠的原野，那麼，作家手中的筆就如阿爾迷達
> 的魔杖，能在這不毛的荒漠之地上召喚出一個花香鳥

語的春天。[29]

　　此即闡明了作家對於語言運用的妙處，尤其是有關詞彙上的組織構造，更有如魔杖般能化腐朽為神奇，創造出一片屬於自己之詞彙天地。茲列舉魯迅作品說明之：

　　在《吶喊》的〈藥〉中，作者以〝兩塊肩胛骨高高凸出，印成一個陽文的〝八〞字。〞之詞彙，來隱喻〝小栓〞背後消瘦的形象。以〝抓〞字（一般用以形容抓禽獸的）就一針見血的將〝劊子手康大叔〞，見錢眼開窮凶惡極的嘴臉表現出來。

　　在〈阿Q正傳〉中，作者單以一個〝好〞字，就能運用得唯妙唯肖。如：〝打蟲豸，好不好？我是蟲豸--還不放麼？〞，這是主角〝阿Q〞被人揪住辮子時，懇求寬恕的可憐相。〝我是蟲豸，好麼？〞，這是〝小D〞學阿Q向別人求饒的話，表面雖謙遜，卻帶有諷刺、奚落的意味。〝好了，好了！〞是旁人勸解阿Q與小D的龍虎鬥。〝好，好！〞是旁人的頌揚與煽動。〝咳，好看。殺革命黨唉，好看好看。〞，這是阿Q進城後再回到未莊時，講城裏砍革命黨人頭的事情給未莊人聽。〝好，……我要什麼就是什麼，我歡喜誰就是誰。〞這是阿Q在辛亥革命波及未莊後的心情，以為參加革命黨就可飛黃騰達。「不准我造反，只准你造反？媽媽的假洋鬼子，--好，你造反！造反是殺頭的罪名呵，我總要告一狀，看你抓進縣裏去殺頭，--滿門抄斬，--嚓！嚓！」這是阿Q內心怨恨〝假洋鬼子〞不准他參加革命，於是用〝好〞來發洩心中怨恨等。可見作者光用一個好字就能表現這麼多

29　馮光廉：《魯迅小說研究》，（天津：人民出版社，1989年10月），
　　P.197。

的生活內容情感，真是妙筆生花。

在〈白光〉中，作者以「他平日安排停當的前程，這時候又像受潮的糖塔一般，剎時倒塌，只剩下一堆碎片了。」之詞彙，來比喻（明喻）主角〝陳士成〞參加第十六次縣考又落選那種失望的心情。

在〈兔和貓〉中，作者以「烏鴉喜鵲想要下來時，他們便躬著身子用後腳在地上使勁的一彈，峇的一聲直跳上來，像飛起了一團雪，鴉鵲嚇得趕緊走。」之詞彙，來比喻〝小兔子〞保護他們桑子的動作。

在《彷徨》的〈在酒樓上〉中，作者以「我在少年時，看見蜂子或蠅子停在一個地方，給什麼來一嚇，即刻飛去了，但是飛了一個小圈子，便又回來停在原地點，便以為這實在很可笑，也可憐。可不料現在我自己也飛回來了，不過繞了一點小圈子。又不料你也回來了。你不能飛得更遠些麼？」來比喻主角〝呂緯甫〞離鄉背景去奮鬥，最後失敗又歸回故鄉的心情。

在〈示眾〉中，作者以「像用力擲在牆上而反撥過來的皮球一般，他忽然飛在馬路的那邊了。」之詞彙，來比喻〝胖孩子〞奔向對街看熱鬧的情形。

在〈高老夫子〉中，作者以「他一出門，就放開腳步，像木匠牽著的鑽子似的，肩膀一扇一扇地直走，不多久，黃三便連他的影子也望不見了。」之詞彙，來比喻主角〝高老夫子〞在走向學校去時，那種故意作出規規矩矩的派頭形象。

在〈弟兄〉中，作者以「也想將這些夢跡壓下，忘卻，但這些卻像攪在水裏的鵝毛一般，轉了個幾圈，終於非浮上

來不可。」之詞彙，來比喻主角〝張沛君〞極力然而無效的要排除潛意識裏的想法情形等等。

　　以上這些詞彙的運用，不管是用在隱喻或是明喻來形容，皆能使其形象、動作，或情緒等，更加鮮明且栩栩如生。尤其將它運用到喜劇語言上時，真是令人傾倒，不由發出會心的微笑。誠如姜建讚美作者說：

> 魯迅小說的語言，飽含著喜劇的因子，幽默詼諧，機趣橫生，辛辣有力而又韻味濃郁，具有一種使人著迷令人絕倒的神奇魅力。[30]

茲亦列舉其運用到喜劇語言上的作品：

　　在《吶喊》的〈藥〉中，作者以「卻只見一堆人的後背；頸項都伸得很長，彷彿許多鴨，被無形的手捏住了的，向上提著。」來形容刑場四周看客們的神情。在〈故鄉〉中，作者以「正像一個畫圖儀器裏細腳伶仃的圓規。」來形容〝豆腐西施楊二嫂〞。在〈阿Q正傳〉中，魯迅把主角〝阿Q〞調戲小尼姑的下流動作，形容成不朽之〝勛業〞，把酒客形容成〝賞鑒家〞，尤其是他那惡心的〝癩瘡疤〞變成了〝一種高尚的光榮的癩頭瘡〞，真是令人啼笑皆非。魯迅又把阿Q的自作聰明、自以為是的見解，誇張得更可笑。「然而他又很鄙薄城裏人，譬如用三尺長三寸寬的木板做成的凳子，未莊叫〝長凳〞，他也叫〝長凳〞，城裏人卻叫〝條凳〞，他想：這是錯的，可笑！油煎大頭魚，未莊都加上半寸長的蔥葉，城裏卻加上切細的蔥絲，他想：這也是錯的，可笑！然

30　姜建：〈論魯迅小說的喜劇語言〉《魯迅研究》第十四輯，（北京：中國社會科學出版社，1989年10月），P.90。

而未莊人真是不見世面的可笑的鄉下人呵，他們沒有見過城裏的煎魚！」而〝號咷〞這種本身就會引人發笑之字眼，魯迅亦用來形容〝舉人老爺〞全家的傷心。

在《彷徨》的〈肥皂〉中，作者以「碗筷聲雨點似的響」來烘托晚餐之熱鬧。在〈示眾〉中，作者以「一件不可動搖的偉大的東西」來描述淌著汗的赤條條背脊。在〈孤獨者〉中，作者以「使人不耐的倒是他的有些來客，大抵是讀過《沉淪》的罷，時常自命為〝不幸的青年〞或是〝零餘者〞，螃蟹一般懶散而驕傲地堆在大椅子上，一面唉聲嘆氣，一面皺著眉頭吸煙。」來形容那些滿腹牢騷、自命不凡的青年。在〈離婚〉中，作者用「高大搖曳」來形容〝七大人〞裝腔作勢的聲音。

在《故事新編》的〈理水〉中，作者以「靜得好像墳山」來形容水利局官員聽到〝大禹〞治水方案後的震驚情形。在〈采薇〉中，作者以「那邊的娘兒們卻真有許多把腳弄得好像豬蹄子的」來形容諷刺傳統婦女纏足的舊習。在〈出關〉中，作者以「留聲機」來形容〝老子〞的客套虛偽。在〈非攻〉中，作者用「我們給他們看看宋國的民氣！我們都去死！」來表達宋國人的民族大義等。

以上這些詞匯雖形容得非常誇張，然卻不失其真，故能具有強烈之喜劇效果，而又韻味濃郁。魯迅對於詞匯上的運用還不止如此，他仍不忘在其作品上加點〝飛白〞，尤其是《故事新編》中的〝油滑之處〞，更讓他的作品多彩多姿，豐富不少。茲亦略述如下：

1.飛白：

第六章 小說語文之運用

　　所謂〝飛白〞(Malapropism)，意指明知是錯的而卻有意仿效的一種修辭方法。它的用法有兩種：其一是人家怎麼錯，就照直錄用；其二是援引人家的錯誤以用來取笑或諷刺。作者在這方面的運用，亦取得良好之修辭效果。如：在《吶喊》的〈風波〉中，〝趙七爺〞對〝八一嫂〞說：「你可知道，這回保駕的是張大帥，張大帥就是燕人張翼德的後代，他一支丈八蛇矛，就有萬夫不當之勇，誰能抵擋他。」這是趙七爺對農婦八一嫂恫嚇的話，他把張大帥（張勳）說成三國時代的張翼德（張飛）後代，純穿鑿附會編個大謊，來對八一嫂的心理施壓。〈阿Q正傳〉中，未莊人並不了解外面消息，見〝自由黨〞黨徽都驚服，說這是〝柿油黨〞的頂子，抵得一個翰林。又把〝崇禎皇帝〞說成〝崇正皇帝〞。〈鴨的喜劇〉中，在〝愛羅先珂〞回到寓所時，有個鄰居的最小孩子，趕緊把小蝌蚪被四隻鴨子吃掉的消息告訴他，因語音不清把〝愛羅先珂〞說成〝伊和希珂〞，把〝先生〞說成〝先〞。在《彷徨》的〈長明燈〉中，把〝梁武帝〞講成〝梁五弟〞。〈高老夫子〉中，賢良女校教務長〝萬瑤圃〞在向學生介紹主角〝高老夫子〞時說：

　　　　這位就是高老師，高爾礎高老師，是有名的學者，那一篇有名的《論中華國民皆有整理國史之義務》，是誰都知道的。《大中日報》上還說過，高老師是：騖慕俄國文豪高君爾基之為人，因改字爾礎，以示景仰之意，斯人之出，誠吾中華文壇之幸也！現在經何校長再三敦請，竟惠然肯來，到這裏來教歷史了……。

　　他們都以為〝高君爾基〞是姓高名爾基，其實〝高爾基〞（Gorky, Maksim 1868~1936）是俄國作家〝阿勵克賽·馬克西莫維奇·彼什科夫〞的筆名，在俄文裏亦是個形容詞，是

〝痛苦的〞意思。〈離婚〉中，主角〝愛姑〞對於「那腦殼和臉都很紅潤，油光光地發亮。愛姑很覺得稀奇，但也立刻自己解釋明白了：那一定是擦著豬油的。」這其中之〝擦著豬油的〞，是謬誤，鄉下人的淺陋之見等。

　　以上這些飛白辭格的適當運用，對於深化主題或審美、詼諧等效應，均有一定的助益。

2.油滑之處：

　　所謂〝油滑〞（Slick man），意指在古人古事的描繪之中插入現代的生活材料，即是所描述的語言、情節、細節等內容並不合乎當時的現況時謂之。魯迅自《故事新編》這部歷史小說問世以來，其油滑之處就一直是人們所關注、爭議的話題，然各人因立場學養或欣賞角度不同，對此之褒貶也就不一。魯迅自己亦表示過不滿：

> 這可憐的陰險使我感到滑稽，當再寫小說時，就無論如何，止不住有一個古衣冠的小丈夫，在女媧的兩腿之間出現了。這就是從認真陷入了油滑的開端。油滑是創作的大敵，我對於自己很不滿。[31]

　　但不管爭議、褒貶為何，筆者皆無意做任何評論，誠如馮光廉說：

> 各人站在自己的概念前提上進行邏輯推演，概念的內涵沒有一定的客觀屬性，不同的意見就很難真正交

---

[31] 魯迅：〈故事新編・序言〉《魯迅全集》第二卷，（北京：人民文學出版社編出，1993年），P.341。

鋒，論爭也就難以獲得深入下去的契機。[32]

更何況這本身就無〝對〞與〝錯〞的問題，全憑個人素養、立場、角度、感受等主觀因素而定，縱能如馮氏在概念上取得一致，其結果也未必是一樣的，故筆者認為這種爭論是沒必要，也無意義，只要作者對作品的創作目的能實現即可，何不讓它花開數朵，各自陳述多彩多樣呢？

魯迅創作《故事新編》，不容置疑的已達到借古諷今，揭開舊社會弊端的目的。其作品中又因有油滑之處，故無形中反深化了其諷刺效果。茲列舉說明之：

在〈補天〉中，作者用外文譯音有〝〝Nga！Nga！〞那些小東西可是叫起來了。〞、〝〝Akon，Agon！〞有些東西向伊說。〞、〝〝Uvu，Ahaha！〞他們笑了。〞[33]而古衣冠的小丈夫在主角〝女媧〞的兩腿之間出現，並倉皇遞上青竹片背誦如流的說道：「裸裎淫佚，失德蔑禮敗度，禽獸行。國有常刑，惟禁！」這個情節描述亦不合乎當時現況，因女媧開天造人時都是赤裸裸的，也無竹帛書等。

在〈奔月〉中，作者以現代語言來描述主角〝夷羿〞的感嘆！「那麼，你們的太太就永遠一個人快樂了。她竟忍心撇了我獨自飛升？莫非看得我老起來了？但她上月還說：並不算老，若以老人自居，是思想的墮落。」而〝女辛〞說夷羿「有時看去簡直好像藝術家」等。

<hr />

32　馮光廉：《魯迅小說研究》，（天津：人民出版社，1989年10月），P.243。

33　〝Nga! mga!〞、〝Akon, Agon!〞以及〝Uvu, Ahaha!〞，都是用拉丁字母拼寫的象聲詞。〝Nga! mga!〞，譯音似〝嗯啊！嗯啊！〞；〝Akon, Agon!〞，譯音似〝阿空，阿公！〞；〝Uvu, Ahaha!〞，譯音似〝嗚唔，啊哈哈！〞。

　　在〈理水〉中，作者用外國語言有文化山上那些學者的口頭禪：〝古貌林〞（Good morning早安），〝好杜有圖〞（How do you do你好），〝Ok！〞，〝摩登〞（Modern時髦），〝莎士比亞〞（Shakespeare，William，1564～1616）等。用現代語言的有：一位研究《神農本草》的學者說：「榆葉裏面是含有維他命W的；海苔裏有碘質，可醫療瘰病，兩樣都極合乎衛生。」有位大員說：「卑職可是已經擬好了募捐的計劃。」另位大員又說：「準備開一個奇異食品展覽會，另請女隗小姐來做時裝表演。只賣票，並且聲明會裏不再募捐，那麼，來看的可以多一點。」而〝鳥頭先生〞說：「要去法律解決」小品文學家則笑道說：「見一少年，口銜雪茄。」等。

　　在〈采薇〉中，作者用現代語言來描述〝華山大王小窮奇〞對主角〝伯夷〞與〝叔齊〞搜身後說：「老先生，請不要怕。海派會〝剝豬玀〞（盜匪搶劫行人剝奪衣服的行為），我們是文明人，不幹這玩意兒的。」〝小丙君〞亦說：「為藝術而藝術」以及「村中都是文盲，不懂得文學概論。」等。

　　在〈鑄劍〉中，作者描述國王在巡行時，滿城的人們都在議論他的威嚴，自己得見國王的榮耀，以及俯伏跪拜得有怎麼低，突然插進一句現代語言「應該採作國民的模範」主角〝宴之敖者〞決心替〝眉間尺〞報仇時說：「仗義，同情，那些東西，先前曾經乾淨過，現在卻都成了放鬼債的資本。」〝乾癟臉的少年〞扭住眉間尺的衣領說：「被他壓壞了貴重的丹田，必須保險，倘若不到八十歲便死掉了，就得抵命。」等。

　　在〈出關〉中，作者以現代語言描述主角〝老子〞把〝孔

子〞送到「圖書館的大門外」老子把青牛搬出城外要用「起重機」眾人聽不懂老子講課，嫌他「國語不大純粹」要求他「補發些講義」〝關尹喜〞曾到圖書館去查「《稅收精義》」〝賬房先生〞說：「那時候，我們只要說宗旨已經改為提拔新作家，兩串稿子，給他五個餑餑也足夠了。」等。

在〈非攻〉中，用現代語言的有〝募捐救國隊〞。在〈起死〉中，則有主角〝莊子〞從自己的道袍袖子裏摸出一只現代的〝警笛〞來，狂吹三聲喚來一個巡士等等。

以上所舉這些油滑之處的詞匯運用，不僅令人讀之詼諧幽默，趣味橫生，又無矛盾不順現象，甚至有的已成為情節發展中不可或缺之一環。誠如馮光廉列舉〈理水〉時說：

> 《理水》中的水利大員、文人學士們作為大禹的對立面，……大員們向禹匯報水災情況，提出工作建議，如開奇異食品展覽會，另請女媧小姐來做時裝表演，派木筏把學者們接上高原來，等等，都是工作建議的具體內容，而禹聽了以後極為不滿，心裏罵了一句〝放他媽的屁！〞但還是接下來與他們一起討論治水的方案，向他們解釋變〝湮〞為〝導〞的道理。這些現代生活材料被緊密地嵌在情節發展的因果鏈條中。可見，它們既不是那種可有可無的細節穿插，也沒有游離於主要情節線索之外，而恰恰是成了主要情節的有機組成部分。[34]

可見小說對於油滑詞匯運用的適當，致其與整個文章相

34　見馮光廉：《魯迅小說研究》，（天津：人民出版社，1989 年 10 月），P.248。

互交融，毫無生硬現象，並呈現出和諧的美感。

由此可見，在小說之修辭技巧中，善用象徵性語言文字來為讀者預留另一層的想像空間，以增加其意蘊內涵，並採重點式筆法來深化主題的表達，絕不塗上無謂之色彩。又適度的採取反語技巧，使其作品的諷刺效果更憂憤深廣。尤其是詞匯語言之運用，在人物形象、動作，或情緒上的比喻形容，是更加的鮮明生動。在喜劇語言、飛白，或油滑等方面，雖非常誇張卻不失其真，故能有強烈之喜劇效果，與詼諧幽默，辛辣濃郁，且呈現和諧的美感。

第五節　特色的運用

小說之語言文字的運用，其特色應具有如下五大特點：

一、簡潔精鍊又具立體化的語言文字藝術：

小說所使用之語言文字，不管是敘述性、描寫性、抒情性、議論性，或詞匯上的運用，只要覺得夠將意思傳給別人就可以，不必添加無謂之色彩，如此的作品才能保持精簡有力，並善於交互配合的使用語言，尤其是多角度之描繪，使語言產生立體感，來深化其作品內涵，此即語言文字藝術之一大特點。

二、適當貼切又抓得住重點的語言文字藝術：

小說的語言文字之所以能夠精簡有力，需得助於〝畫眼睛〞抓得住重點的筆法，使其不管在語言技巧上的運用、人

物形象上的用語，或修辭技巧等方面的形容比喻，都需使用得非常適當貼切，才能令其作品產生魅力，此即語言文字藝術之第二大特點。

三、兼具民族性風格與鄉土性特色的語言藝術：

在小說之描述語言中，不管是人物命名、景物觀念，或方言俗話等各方面，皆要依其屬性，來突顯其各自特徵，使作品充滿民族性風格與濃厚的鄉土氣味，此即語言文字藝術之第三大特點。

四、憂憤深廣與意蘊內涵的語言文字藝術：

小說之修辭技巧的運用，不管在人、事、物等方面，宜採象徵的創作手法，使其充滿著象徵性語言文字來做比喻形容，讓讀者有想像空間去彌補作品的不足，以增加其意蘊內涵。並適度的使用反語技巧，或詞匯語言，令作品之諷刺效果更憂憤深廣，此即語言文字藝術之第四大特點。

五、詼諧幽默又辛辣濃郁的語言文字藝術：

小說之修辭技巧的運用，也可使用在喜劇語言、飛白，以及油滑等方面，雖非常誇張卻不失其真，雖明知其錯仍故意援用，雖知不合乎當時情況但亦要插入現代材料。然經由巧妙之交互運用後，可產生強烈的喜劇效果，而又韻味濃郁，使作品不僅詼諧幽默、趣味橫生，而諷刺又辛辣有力，此即語言文字藝術之第五大特點。

綜上所論，小說語文的運用，要簡潔精練又具立體化的語言文字藝術，適當貼切又抓得住重點的語言文字藝術，且要兼具民族性風格與鄉土性特色的語言文字藝術，以及憂憤深廣與意蘊內涵的語言文字藝術，與詼諧幽默又辛辣濃郁的語言文字藝術等特點，才能更深化人物形象的特徵，此也是匠心獨運的特色。

第七章 小説主題之思想

　　所謂〝主題〞（Theme），意即會議或作品中，所要表達的中心思想。它可以分為兩類：一為作品的概念性主題（Thematic concept），是讀者〝認為作品是關於什麼的〞；二為陳述性主題（Thematic statement），是〝關於作品是表達什麼的〞。在描繪性藝術中，主題牽涉個人或事物的再現，也涉及藝術家的經驗，這經驗是藝術創作靈感的來源。小說的主題可用故事中人物的行動、言語等來表現。一個故事可能有幾個主題，通常探討歷史上常見的或跨文化可識別的觀點，如倫理等問題。它通常隱藏在作品中，而不是明確地陳述。

　　俄國作家高爾基（Gorky, maksim 1868～1936）說：

> 主題是從作者的經驗中產生，由生活暗示給他的一種思想，可是它蓄積在他的印象裏還未形成，當它要求用形象來體現時，它會在作者的心中喚起一種欲望——賦予它一種形式。[1]

　　可見作品所反映的思想性，乃是作者從生活體驗中所得到的一種暗示性思想，這種思想如果要表達出來，就必須借助於一定的文學形式如：散文、詩歌，或小說等。而作品中所反映的思想性，即是指體現作品主題的背後，貫穿於整部作品的最主要思想，也就是在文藝作品中所蘊含著的基本思想。儘管故事表面的敘述多麼誇張、滑稽，然該思想卻最有深度，最能感動人。如美・約翰・斯坦貝克（John Ernst Steinbeck, Jr, 1902~1968）的《人鼠之間》（Of Mice and Men）中，關於孤獨的主題思想，書中許多人物似乎都很孤獨，它

---

[1] 俄・高爾基著、孟昌等譯：《論文學》，（北京：人民文學出版社，1978年），P.334。

可能不同於文本或作者的隱含世界觀。

　　一部小說雖可能有幾個主題思想，但凡屬次要的陪襯性思想並不能包含在內，否則易於主次混淆。而作家之立場、生活經驗、表現方法，或創作意圖等的不同，既使是同樣的題材也會有不同之思想反映，或影響其主題的深度和廣度。

　　一部小說所反映的主題思想眾多，難於細數且不一而足，故以下僅列舉人道主義思想、改造國民性思想、人性進化思想，以及社會改革思想等，分別論述之。

第一節　人道主義的思想

　　〝人道主義〞一詞之概念，基本上有兩種理解：一種為〝濫施仁愛〞，不管好人壞人一律採取寬恕態度；另一種為對弱者的同情愛護，卻對惡者的憎恨與挑戰。當然，亦有些人道主義者是尋求兩者間的中庸路線。茲列舉作家作品，來說明其所反映的人道主義思想。

　　魯迅《吶喊》中之〈孔乙己〉係以揭開舊社會科舉制度的弊害為主題，作者以通過主角〝孔乙己〞窮困潦倒的淒慘命運，來反映生在舊社會文人的悲哀。誠如許欽文說：

> 在科舉制度下，考中了秀才，才好去考舉人，再考上去中了進士，就可以做官，就會有錢有勢。可是秀才、舉人等有一定的名額，名額少，考的人多得多，勢必有很多人考不上。連秀才都考不上的人，又因為念過書，中了科舉的毒，看不起別種行業，自己不願幹也不會幹，就窮困潦倒，成了科舉制度的犧牲者，孔乙

己就是那樣。[2]

　　孔乙己雖命運淒慘，卻很自命清高，縱是窮困潦倒得要靠偷竊來維持其生活，他仍不願脫去那象徵〝文人〞的長衫，所以他是〝站著喝酒而穿長衫唯一的人〞。可見當時文人對於科舉觀念的根深蒂固，由此就揭示出舊社會科舉制度戕害，甚至葬送知識份子一生的主題。而作者對於孔乙己遭受世人嘲笑，以及窮困潦倒的形象之塑造，無非建立在對當時文人悲慘命運的深摯悲憫，此乃作者人道主義貫穿於整部作品的基本思想表現。誠如馮雪峰說：

　　　　這就是革命者和人道主義者的魯迅……抱著同情和悲憫的心情……所描寫的這一個孔乙己。[3]

　　〈白光〉之主題及其所反映的思想雖與〈孔乙己〉相同，但作者創作這兩篇作品在基本上是有其差異性，不管在情節描述、戕害方式，或造成的結局等方面各有其不同。例如：主角〝孔乙己〞好吃懶做，自命清高，又是滿口〝之乎者也〞之類的半文言半白話語言，帶給咸亨酒店無數笑聲，其最後結局是被人打斷腿，自己孤苦死去；而另一主角〝陳士成〞並沒有孔乙己那種自命清高、滿口之乎者也的情形，然其科舉觀念卻比孔乙己更深沉，終至第十六回落榜時而精神失常，最後溺水死亡，其結局比孔乙己更悲慘。可見作者賦於陳士成是一個純悲劇性格的形象，而賦於孔乙己則是一個具有悲劇性格命運，又帶有一定喜劇色彩的形象。

2　許欽文：《吶喊分析》，（香港：南國出版社，出版日期不詳），PP.20、
　　21。
3　馮雪峰：〈孔乙己〉《雪峰文集》第四卷，（北京：人民文學出版社編
　　出，1985 年），P.393。

第二節　改造國民性思想

什麼是中國〝國民的劣根性〞，據吳奔星指出，如：麻木、愚昧、迷信、懦怯、自私、凶殘、貪婪、瞞騙等。[4]

魯迅對此亦有明確的指出：

> 中國人的不敢正視各方面，用瞞和騙，造出奇妙的逃路來，而自以為正路。在這路上，就證明著國民性的怯弱，懶惰，而又巧滑。一天一天的滿足著，即一天一天的墮落著，但卻又覺得日見其光榮。在事實上，亡國一次，即添加幾個殉難的忠臣，後來每不想光復舊物，而只去贊美那幾個忠臣；遭劫一次，即造成一群不辱的烈女，事過之後，也每每不思懲凶，自衛，卻只顧歌詠那一群烈女。仿佛亡國遭劫的事，反而給中國人發揮〝兩間正氣〞的機會，增高價值，即在此一舉，應該一任其至，不足憂悲似的。……中國人向來因為不敢正視人生，只好瞞和騙，由此也生出瞞和騙的文藝來，由這文藝，更令中國人更深地陷入瞞和騙的大澤中，甚而至于已經自己不覺得。[5]

可見魯迅對於中國國民之劣根性，瞭若指掌，並認為如果不徹底的改造國民性，中國社會是永遠不會進步。誠如他在描寫〈頭髮的故事〉時說：「阿，造物的皮鞭沒有到中國的脊梁上時，中國便永遠是這一樣的中國，決不肯自己改變

4　吳奔星：〈許壽裳論魯迅的改造國民性思想〉《魯迅研究（季刊）》第一期，（北京：中國人民大學書報資料中心編出，1988 年），P.44。
5　魯迅：〈墳‧論睜了眼看〉《魯迅全集》第一卷，（北京：人民文學出版社編出，1993 年），PP.240、241。

一支毫毛！」因此，他一方面呼籲：「世界日日改變，我們
的作家取下假面，真誠地，深入地，大膽地看取人生並且寫
出他的血和肉來的時候早到了；早就應該有一片嶄新的文
場，早就應該有幾個凶猛的闖將！」[6]另一方面他自己採取實
際行動，以〝凶猛闖將〞之姿態，無情鞭撻、暴露國民的劣
根性，毫不留情，就像在「打落水狗」[7]一樣，一點也不心軟。
故許壽裳稱讚他說：

> 魯迅的頭腦受過科學的鍛鍊，眼光極銳敏，心極細而
> 膽大。他敢正視人生，衝破黑暗，摘出國民性的缺
> 點。……揭穿假面，毫不留情。這是他偉大之處。[8]

　　所以魯迅的小說在批判、諷刺國民劣根性這方面思想的
深刻性，在同期人物間，幾乎無人能企及。茲列舉其具代表
性作品，來說明其所反映之改造國民性思想。

　　《吶喊》中之〈藥〉，其主題係以揭露迷信、愚昧的弊
害。作者安排了主角〝小栓〞與〝夏瑜〞這兩條明、暗線索，
圍繞在小說主題上依序來展開。前者死於父母迷信〝人血饅
頭〞可治好其癆病，實令人感到可憐；後者死於為社會改革，

6　同註 5，P.241。

7　魯迅說：「但若與狗奮戰，親手打其落水，則雖用竹竿又在水中從而
　痛打之，似乎也非已甚，……而於狗，卻不能引此為例，與對等的
　敵手齊觀，因為無論它怎樣狂嗥，其實並不解什麼〝道義〞；況且狗
　是能浮水的，一定仍要爬到岸上，倘不注意，它先就聳身一搖，將
　水點灑得人們一身一臉，於是夾著尾巴逃走了。但後來性情還是如
　此。老實人將它的落水認作受洗，以為必已懺悔，不再出而咬人，
　實在是大錯而特錯的事。總之，倘是咬人之狗，我覺得都在可打之
　列，無論它在岸上或在水中。」見魯迅：〈墳・論〝費厄潑賴〞應該
　緩行〉載於同註 8 書，PP.270、271。

8　許壽裳、魯迅紀念委員會編：〈我所認識的魯迅〉《魯迅先生紀念集》
　第一輯，（上海：文化生活出版社，民二十六年十月十九日），PP.13、
　14。

也令人感到悲壯。然故事如果僅止於如此，也就沒有什麼特別意義，因在當時之革命時代，拋頭顱灑熱血的志士何止百千？死於舊社會裏的迷信藥方亦非常普遍，作者父親的死，不就是一個活生生之例子！〈藥〉這篇小說意義的重大，就在於作者將兩個原本不相干之故事，巧妙聯結一起，革命烈士夏瑜，為了國家的前途，為了人民的幸福，不惜犧牲寶貴生命，卻得不到愚昧民眾的讚賞或同情，反而成了他們刑場看戲、茶館談笑之對象。他那份愛國情操的熱血，也被他們拿來當藥引，這是多麼可悲的事啊？尤其他母親因有一位革命兒子而感到不光彩，在墳場一見〝華大媽〞，就〝現出些羞愧的顏色〞，這固然可表現母親不理解兒子的行為，然主要還是反映整個社會對當時革命之態度。由此，便深刻的揭露其主題，革命者為愚昧之大眾而犧牲，但大眾卻不知道這個犧牲是為了誰，他滿腔之熱血還被迷信的拿去做藥引，無怪乎作者會說：

> 凡是愚弱的國民，即使體格如何健全，如何茁壯，也只能作毫無意義的示眾的材料和看客，病死多少是不必以為不幸的。[9]

可見作者對於這種迷信、愚昧、麻木的國民劣根性最感痛心，同時也認清要救中國，一定要從最根本之國民性改造起。因此，他在日本留學時，便毅然的棄醫從文，以提倡文藝運動來改變國民精神。故他又說：

> 我們的第一要著，是在改變他們（國民）的精神，而善於改變精神的是，我那時以為當然要推文藝，於是

---

9 魯迅：〈吶喊・自序〉《魯迅全集》第一卷，（北京：人民文學出版社編出，1993年），P.417。

想提倡文藝運動了。[10]

　　所以作者最後仍在夏瑜的墳上添上一圈紅白的花圈，圍在那尖圓的墳頂上，堅定著革命者的血不會白流，國民終有覺醒之一天。可見〈藥〉所反映的，乃是改造國民性思想，貫穿於整部作品的基本表現。

　　〈阿Q正傳〉係以暴露中國人的國民性為主題，作者塑造主角〝阿Q〞之形象，幾乎把所有主要的國民劣根性集其一身；同時也將〝趙太爺〞、〝錢太爺〞等地主之流的嘴臉、可惡，入木三分的暴露出來，然後再給於無情批判、鞭撻。作者對於國人的遭遇及其劣根性，真是〝哀其不幸、怒其不爭〞，這是何等痛心與無奈。據許欽文說：

> 阿Q的缺點，好像可以從兩個方面來說：一方面由于直接被地主階級迫害得麻木了而產生的；還有一方面是間接受了地主階級統治者的影響的結果，像精神勝利法和容易忘記仇恨，地主階級統治者是比阿Q更嚴重的。這是因為許多年以來，屢次受到外來的侵害，--且不說遠的，只是雅（鴉）片戰爭以後，我國被帝國主義多方侵略，也是夠受的了。地主階級統治者不能實行正面抵抗外侮，逃避應有的責任，就趕快忘記，用精神勝利法來聊以自解，聊以自慰。[11]

　　難怪作者在描寫阿Q〝假洋鬼子〞的〝哭喪棒〞狠狠打了一頓後會說：「而且 `忘卻′ 這一件祖傳的寶貝也發生了

---

10 魯迅：〈吶喊‧自序〉《魯迅全集》第一卷，（北京：人民文學出版社編出，1993 年），P.417。。
11 許欽文：《吶喊分析》，（香港：南國出版社，出版日期不詳），PP.57、58。

第七章　小說主題之思想

效力，他慢慢的走，將到酒店門口，早已有些高興了。」最後阿Q明就理的被送上刑場槍斃，他到底是怎麼死的連他自己都不知道，這是何等可悲啊！由此，中國國民劣根性之主題，便深刻的被反映出來。然小說思想之蘊涵，並非止於暴露其缺點而已，而是要「揭出病苦，引起療救的注意。」[12]進而喚醒民眾，一起來摧毀這〝鐵屋〞（傳統思想、制度），這就必先從改造國民性（精神）做起。誠如許壽裳說：

> 魯迅在創作裏面，暴露社會的黑暗、鞭策舊中國病態的國民性，實在很多。例如有名的《阿Q正傳》是一篇諷刺小說。魯迅提煉了中國民族傳統中的病態方面，創造出這個阿Q典型。阿Q的劣性，仿佛就代表國民性的若干面，俱足以使人反省。魯迅對于阿Q的劣性如〝精神勝利法〞等等，固然寄以憎惡，然而對于另外那些阿Q如趙太爺之流，更加滿懷敵意，毫不寬恕。……但是為整個民族的前途著想，要蕩滌舊污，創造出〝中國歷史上未曾有過的第三樣時代〞……阿Q的劣性必須首先鏟除淨盡，所以非徹底革命不可。[13]

可見〈阿Q正傳〉之主題，亦是由作者的改造國民性思想所體現。

---

12 魯迅：〈南腔北調集・我怎麼做起小說來〉載於同前註書第四卷，P.512。
13 許壽裳、中國社會科學院文學研究所魯迅研究室編：〈魯迅與民族性研究〉《魯迅研究學術論著資料匯編》第三卷，（北京：中國文聯出版公司，1987年3月），P.1450。

第三節 人性進化的思想

魯迅在《吶喊》之〈狂人日記〉中的一段描述，最能闡釋他自己的〝人性進化思想〞。他說：

> 大約當初野蠻的人，都吃過一點人。後來因為心思不同，有的不吃人了，一味要好，便變了人，變了真的人。有的卻還吃，――也同蟲子一樣，有的變了魚鳥猴子，一直變到人。有的不要好，至今還是蟲子。……吃人的人，什麼事做不出；他們會吃我，也會吃你，一夥裏面，也會自吃。但只要轉一步，只要立刻改了，也就人人太平。雖然從來如此，我們今天也可以格外要好。

又說：

> 夫人歷進化之道途，其度則大有差等，或留蛆蟲性，或猿狙性，縱越萬祀，不能大同。

可見魯迅深信人性是可進化的、可轉變的，只要我們人類願意，即可實現。但筆者必須指出，魯迅所指的人性是可進化、可轉變的，並非如國父 孫中山先生所說的：「具有朝世界大同目的之必然性。」[14]而是如筆者《人性、環境、

---

[14] 國父 孫中山說：「人類初生之時，亦與禽獸無異，再經幾許萬年之進化，而始長成人性。……人類本從物種而來，其入於第三期之進化，為時尚淺，而一切物種遺傳之性，尚未能悉行化除也。然而人類自入文明之後，則天性所趨，已莫之為而為，莫之致而致，向於互助之原則，以求達人類進化之目的矣。人類進化的目的為何？即孔子所謂〝大道之行也，天下為公。〞」孫中山、中國國民黨中央黨史史料編纂委員會編：〈孫文學說〉《國父全集》第二集，（臺北：中

行為互動關係之研究》中所指出：

> 人性的形成，實由於人類在進化過程中，不斷的與環境交互作用下，逐漸塑造而成，具有〝可塑性〞及〝可變性〞。它不僅會因不同的環境而有不同之表現，亦會隨著環境之變遷而改變，就是在個人之間也會因環境的因素而產生差異，以致它所表現出之善惡行為，也相當複雜，並無一致性。[15]

　　簡單說，人性是朝好的方面發展，或往壞的方面轉變，全由個人之意志與環境因素所定，而個人之意志力又遠超於環境的影響。故魯迅雖毫不留情的暴露其國民劣根性，但他仍不忘歌頌讚揚人性好的一面。茲列舉其具代表性作品，來說明其所反映之人性進化的思想：

　　《吶喊》中之〈一件小事〉，其主題係以啟發良知、讚揚基層人民的樸實。作者以描寫一個〝車夫〞，絆倒一個老女人的〝一件小事〞來做線索，圍繞在小說主題上發展，通過自己以為沒有人看見就可逃避之自私想法，來反映車夫負責、誠實等的人格偉大，使自己變得非常渺小而且教人慚愧。「這事到現在總是浮在我眼前，催我自新，並且增長我的勇氣和希望。」使我勇敢真誠的向車夫學習，希望有一天我的人格也能像他一樣偉大。如此除展示出其主題外，更讓魯迅之人性進化思想得到具體表現。

　　《故事新編》中之〈補天〉、〈理水〉，以及〈非攻〉三篇之主題，皆以讚揚人性中的苦幹精神。作者在描述時，

央文物供應社，民五十五年十月），P.44。

15　蔡輝振：《人性、環境、行為互動關係之研究》，（香港：能仁學院哲學研究所，1994 年碩士論文），P.189。

再三強調主角〝女媧〞、〝大禹〞，以及〝墨子〞的苦幹精神，為了國家為了人民，不惜一切辛勞，尤其女媧甚為〝補天造人〞而鞠躬盡瘁，死而後已。

〈鑄劍〉係以讚揚義無反顧之精神為主題，主角〝眉間尺〞為父仇，義無反顧的犧牲自己的生命。而另一主角〝宴之敖者〞亦為朋友義無反顧的也犧牲了生命，此等人性是多麼光輝啊！這是作者所深信的人性是可進化，可轉變的，要好要壞全繫個人一念之間，由此也體現了魯迅的人性進化思想。

第四節　社會改革的思想

〝社會〞一詞的內涵，從廣義上來說，其所含蓋之範圍非常廣泛，大凡一切：政治、經濟、教育、思想、制度、宗教、民俗、習慣等，皆包含在內。作家的社會改革思想，所要求改革者，通常著重於一切不合理的社會現象，尤其是舊社會的傳統思想、制度等方面，但並不涉及國家政權，純以一個文藝作家之身份，投入社會改革的行列，而非〝革命烈士〞，參與推翻、奪取，或鞏固政權的角色。茲列舉作家作品，來說明其所反映之社會改革的思想：

張愛玲之《金鎖記》，展現女性在傳統社會中的對抗為主題，以〝曹七巧〞的人生，來突顯女性在傳統男性社會中的生存狀態、精神與傷痕，敘述了殘忍、現實的女性抗爭過程。小說中的曹七巧是位悲劇人物，她的婚姻由哥嫂安排，為了金錢而被迫嫁給姜家患有〝骨癆〞的二少爺，身不由己地被套上了姜家二奶奶的黃金枷鎖，受盡屈辱與殘害。在經

第七章　小說主題之思想

歷了姜家的鄙視與不公平對待，七巧漸漸地變成了自私的、心理扭曲的〝瘋女人〞，不擇手段地追求權力、地位，滿足自己心中的欲望。她極端的行為是對傳統男權社會的控訴與抗爭，甚至不惜將不幸的命運綿延到兒女身上，拉著兒女一起抽鴉片，因為嫉妒而殘害媳婦、破壞兒女的婚姻，毀壞了兒女一生的幸福，將自己的痛苦與悲劇轉移到兒女身上，傷害與發洩在最親的人身上，十分可怖又可悲。該小說以七巧的人生與轉變，層層遞進地表現七巧受屈辱到毀滅的悲劇。作者曾言：

> 極端病態與極端覺悟的人究竟不多。時代是這麼沉重，不容就那麼容易就大徹大悟。這些年來，人類到底也這麼生活了下來，可見瘋狂是瘋狂，還是有分寸的。我的小說裡，除了《金鎖記》裡的曹七巧，全是些不徹底的人物。他們不是英雄，他們可是這時代的廣大的負荷者。……他們沒有悲壯，只有蒼涼。悲壯是一種完成，而蒼涼則是一種啟示。……我只求自己能夠寫得真實些。[16]

可見，張愛玲將曹七巧塑造地十分徹底，揭示了女性僅僅是一名依附者，在傳統社會下，男性依然是主體的存在；女性只能卑微地生存。作者通過小說揭示了傳統家庭的冷漠，同時也顯示了女性身不由己的命運與被桎梏的自由，對傳統封建思想之男權社會做出了深刻的批判，由此揭露作者的社會改革思想。

林海音《燭芯》中之〈燭〉，是以傳統女性不幸的婚姻

---

16 張愛玲：〈自己的文章〉，收入《流言》，（臺北：皇冠文化出版，1973年），P.20。

作為主題，揭露了當代女性對於自身的人生不能自主的悲哀。小說描繪〝啟福太太〞對於丈夫納妾的行為敢怒不敢言，認為〝寬大是她那個出身的大家小姐應有的態度〞，以免落得善妒的名聲。即使心中〝都恨死了〞，也在眾人面前偽裝成寬宏大量的正室。其表面上維持著〝一份大家婦女的矜持、驕傲和寬量〞，卻在夜裡偷偷聽著對面房裡的動靜，猜測、怨恨他們的閨房之樂。在大度的面具下，正室太太為了得到丈夫的關愛，只能躺在床上〝裝暈〞、〝腳痛〞，只有這時候，才能躺在丈夫的懷中，才能得到丈夫的垂憐。致使最後身體癱瘓，不良於行，一生纏綿病榻。小說在描寫正室太太對於丈夫納妾的不滿卻無可奈何，同時亦表現出鄉下女性－－〝秋姑娘〞（妾）的卑微，即使婚姻將帶給自己傷害，也無怨無悔地委曲求全「哭泣著，哀求著，那麼卑下的求她懲罰她，她願意永生的服侍老爺、太太和少爺們」，「寧可卑賤的留在這裡，做一切勞苦而卑下的工作，以報答補償對她恩重如山的太太」，刻劃出女性在傳統父權社會下，成為卑微的附屬品，為當時婦女悲慘生活、命運的寫照，表現了林海音對這些傳統封建思想下，女性的犧牲深感同情，由此揭露作者的社會改革思想。

　　亨利・勒內・阿爾貝・居伊・德・莫泊桑（Henry-René -Albert-Guy de Maupassant，1850～1893）莫泊桑之《項鍊》，以〝項鍊〞作為貫穿小說的主線，以揭露並批判當時法國資產階級享樂主義、愛慕虛榮的生活方式為主題，對社會中不公平對待的小人物，所遭遇的不幸寄予同情。小說的敘事結構十分簡單，從借項鍊、丟項鍊、還項鍊，這樣簡單的結構，卻成功描繪出書中人物醜陋的性格與人性的弱點，同時也歌頌了主角的負責、誠信的人性美。作者以〝瑪蒂爾德〞小人

物的誠實對比，來做為福雷斯捷太太資產階級的虛偽對照，福雷斯捷太太輕視瑪蒂爾德的背景，借了假鑽石項鍊給瑪蒂爾德，可見其對待朋友的不真誠與不信任。瑪蒂爾德雖為了滿足虛榮心而借項鍊出席舞會，但在丟了項鍊後，依然心甘情願勞苦工作，以償還購買項鍊的債務，縱使花上十年，美貌、年華逝去也甘之如飴。莫泊桑通過小說的人物與故事，批判了法國社會懸殊的貧富差距，也表現法國社會中的注重金錢、醜惡自私的嘴臉，由此揭露作者的社會改革思想。

第五節　特色的運用

　　小說在規劃故事情節時，一定要先問問自己，希望讀者從小說中學到什麼樣的價值觀？得到什麼樣的教誨？產生什麼樣的洞見？用什麼樣的視野來看待小說中的世界？如果一部小說的主題思想，能反映這些問題，便是一部具有一定水準的作品。流行歌曲僅能轟動一時，經典歌曲則能千古風流，小說也是如此。如何創作一部經典的作品，便是小說家努力的方向。因此，小說之特色運用，應有如下二點：

一、正確的人生觀：

　　作家有正確的人生觀，便可在作品建立正確價值的主題思想。何謂〝正確〞(correct)？似乎很難界定，實際上也容易界定。凡是使人在群體生活中，有著和諧的，都是〝正確〞。

　　讀者在欣賞一部小說之後，無形中會被潛移默化，學習了作家給與的〝教誨〞，進而引起讀者的反思，有助於讀者的人生，使之生活更美滿。試想，一個〝不正確〞的價值觀，

傳達到讀者的內心，會引起多少惡果？縱然在讀者群中，有大部分的人會對不正確的價值觀反感，但仍然有可能影響到部分未成熟的讀者，對社會也可能造成災禍。

二、正確的主題思想：

所謂〝思想〞（Thought），係指獨立於感官刺激而發生有意識的認知過程，由這些過程帶來的心智狀態或觀念系統。也就是作者在表現主題時，所持的態度、看法、主張、意向等。作者沒有主見時，就無從建立一個〝主題〞。因此，作者不僅要有主見，還要有一個自己深刻體會的主題，才能寫成出色的作品，進而對讀者產生了教育功能。

有了這個信念，作者才可以依隨這個主題思想，而安排故事情節、人物性格，以至最後的結局。可見主題主宰了一切，若是作者並非信賴這個價值觀，人云亦云，搖擺不定，自無可能收集到足夠的素材來烘托主題出來。即使勉強為之，讀者也會感到作者的虛偽，而感受不到其熱血澎湃，傾力表達思想感情的熱力。

綜上所論，作者以作品為媒介，用以傳達其中心思想，以感動來說服讀者。因此，小說主題的思想，種類雖然眾多，但要創作出經典的作品，才能永傳於世。所以，作家要有正確的人生觀，才能建立正確價值的主題思想，尤其作家不僅要有主見，還要有一個自己深刻體會的主題，才能寫成出色的作品，進而對讀者產生了教育功能，此更是匠心獨運的特色。

第八章 小說藝術之風格

　　所謂〝風格〞(Style)，泛指事物的格調、特色、風度、品格，它在文學或美術作品中，充分表現作者才性或時代特性而形成的藝術格調。是藝術家的創造個性與藝術作品的語言、情境交互作用所呈現出，相對穩定的整體性藝術風格，是作家創造個性成熟的標誌，也是作品具水準的標誌。風格包括藝術家個人的風格，也包括流派風格、時代風格和民族風格等。

　　藝術風格可分兩種，一為藝術家風格，二為藝術作品風格。前者由於生活經歷、性格氣質、藝術才能、文化教養與審美情趣等的不同，而有各不相同的藝術特色和創作個性，形成各不相同的藝術風格。而後者是內容與形式的和諧統一中，所展現出的總體思想和藝術特色，集中體現在主題的提煉、題材的選擇、人物形象的塑造、體裁的駕馭、語言和手法的運用等方面，所形成的藝術風格。

　　藝術家風格與藝術作品風格，兩者不可分割的密切關係。藝術家風格並非抽象、空洞的存在，而要具體落實到藝術作品上；藝術作品的風格也不是無源之水，無本之木，它直接根源於藝術家的風格。藝術風格的主要特徵是：個體性與社會性相統一；穩定性與變異性相統一；一致性與多樣性相統一。藝術風格具有時代性、民族性，以及階級性等。

　　風格是藝術概念，藝術作品在整體上呈現的有代表性面貌。藝術風格不同於一般的藝術特色，它通過藝術品所表現出來的相對穩定、內在、反映時代、民族或藝術家思想、審美等的內在特性。本質在於是藝術家對審美獨特鮮明的表現，有著無限的豐富性。藝術家由於不同的生活經歷、藝術素養、情感傾向、審美的不同，形成受到時代、社會、民族

等歷史條件的影響。

　　南朝‧劉勰《文心雕龍‧定勢》上說：「章表奏議，則準的乎典雅；賦頌歌詩，則羽儀乎清麗；符檄書移，則楷式於明斷；史論序注，則師範於核要；箴銘碑誄，則體制於宏深；連珠七辭，則從事於巧豔……。」可見不同體裁對於風格有不同的要求，它受到題材及體裁、藝術門類等對作品風格的制約。劉勰把風格分為典雅、遠奧、精約、顯附、繁縟、壯麗、新奇、輕靡八類，日‧佐伯真魚分為六類，唐‧司空圖分為二十四類，無論哪種分法，都不能窮盡。從理論上說，風格的差異應該是無限的。

　　傅騰霄曾對風格釋義說：

> 內容與形式的綜合統一，是藝術風格最為重要的特徵，它能夠全面地揭示出一個風格作家的創作優勢，真正顯示出其可貴的獨創性。……藝術風格的這種整體與綜合的特徵，並不是內容與形式的簡單〝結合〞，而是作家為表現一定的現實生活內容而顯示出來的創作個性〔包括他的各種藝術技巧〕。這種個性不僅表現出作家鮮明的、獨創的和一貫的藝術表達手段，而且也常常在作家所選用的題材和他所描繪的獨特的人物畫廊等方面顯示出來。正是在這種整體特色上，作家不僅僅表現出他寫什麼，而且表現出他怎樣寫、他在藝術創作上有何特殊的貢獻。[1]

　　魯迅對於風格的問題，也曾發表過一些看法，他說：

---

[1] 傅騰霄：《小說技巧》，（臺北：洪葉文化公司，1996年4月），PP.355、356。

他的製作，表面上是一張畫或一個彫像，其實是他的思想與人格的表現。令我們看了，不但歡喜賞玩，尤能發生感動，造成精神上的影響。[2]

復說：

在那黯然埋藏著的作品中，卻滿顯出作者個人的主觀和情緒，尤可以看見他對於筆觸，色彩和趣味，是怎樣的盡力與經心。[3]

又說：

因為有人談起寫篆字，我倒記起鄭板橋有一塊圖章，刻著〝難得糊塗〞。那四個篆字刻得又手又腳的，頗能表現一點名士的牢騷氣。足見刻圖章寫篆字也還反映著一定的風格，……〝謬種〞和〝妖孽〞就是寫起篆字來，也帶著些〝妖謬〞的。[4]

此種看法即是把風格視為〝思想與人格的表現〞，係作家藉由作品來展示其個人的主觀世界，具有本身之獨特性，也就是什麼樣的性格就會創出什麼樣的風格。而作家性格之形成又受生活環境、社會環境及時代環境等所影響，魯迅就曾以美國小說家馬克‧吐溫（Twain, Mark 1835~1910）、美國詩人惠特曼（Whitman, Walt 1819~1892），以及日本小說家有島武郎（1878~1923）等為例，分別提出其看法，他說：

---

[2] 魯迅：〈熱風‧隨感錄四十三〉《魯迅全集》第一卷，（北京：人民文學出版社編出，1993年），P.330。
[3] 魯迅：〈集外集拾遺‧《陶元慶氏西洋繪畫展覽會目錄》序〉載於同前註書第七卷，P.262。
[4] 魯迅：〈准風月談‧難得糊塗〉《魯迅全集》第五卷，（北京：人民文學出版社編出，1993年），P.372。

那麼，他（馬克·吐溫）的成了幽默家，是為了生活，而在幽默中又含著哀怨，含著諷刺，則是不甘於這樣的生活的緣故了。[5]

我們知道，美國出過……出過惠德（特）曼（W. Whitman），都不是這麼表裏兩樣的。然而這是南北戰爭以前的事。這之後，惠德曼先生就唱不出歌來，因為這之後，美國已成了產業主義的社會，個性都得鑄在一個模子裏，不再能主張自我了。[6]

又說：

有島氏是白樺派，是一個覺醒的，所以有這等話；但裏面也免不了帶些眷戀淒愴的氣息。這也是時代的關係。[7]

此等看法說明了作家生活在一定的環境中，必然要受其客觀因素的影響，所以魯迅進一步的指出說：

然而風格和情緒，傾向之類，不但因人而異，而且因事而異，因時而異。[8]

可見風格之形成，來自於作家的主觀因素與環境的客觀因素兩方面。主觀因素包含了作家的性格、生活經歷、立場觀點、藝術素養，以及其各種寫作技巧等；而客觀因素包含了生活環境、社會環境、時代環境，以至民族性、文體創作

5　魯迅：〈二心集·《夏娃日記》小引〉載於同前註書第四卷，P.333。
6　同前註，P.332。
7　魯迅：〈熱風·隨感錄六十三〝與幼者〞〉《魯迅全集》第一卷，（北京：人民文學出版社編出，1993年），P.363。
8　魯迅：〈准風月談·難得糊塗〉載於同前註書第五卷，P.372。

的規範性等。它須藉由一定形式內容的作品，才能展現其藝術風格。簡而言之，〝風格〞即是作家藉由作品，來表現其總體特徵，而這個〝總體特徵〞，係受環境的制約。由此，以下列舉憂憤與沉郁、冷雋與尖刻，以及幽默與精煉等藝術風格，分別論述之。

第一節　憂憤與沉郁

　　所謂〝憂憤〞(Worried and Indignant)，即是憂愁憤懣，憂愁中帶點悲傷，憤懣中帶點無奈，就有如一隻受傷的狼，逃到荒野裏咆哮一樣。魯迅曾自評他的〈狂人日記〉為〝憂憤深廣〞，其實何止這一篇作品，他的小說大多是如此。他為國家民族而憂，為勞苦大眾而憂，卻也為他們的沉迷不悟而憤，真是〝哀其不幸、怒其不爭〞，然又不忍心不管，這是多麼的無奈啊！魯迅之憂憤又何其深廣。他親眼目睹列強國家蠶食中國的可恨，辛亥革命固然成功，但各地軍閥卻為私慾棄國家百姓而不顧，致使中國境內烽火綿綿，屍首遍野。而無辜人民始終扮演個木偶，一副阿Q樣任人宰割，不知覺醒起而抗爭，這是多麼的令人悲憤，他雖選擇以文藝來改造國民的精神，然一時之間又無從改善這種現象，甚至不被理解而多受攻擊。故這股悲憤之氣就一直鬱悶在心裏，隨著歲月的流失，挫折感的增加，悲憤之氣就更加的深廣沉郁。

　　試看一下〈藥〉中的主角之一〝夏瑜〞，〈奔月〉中的主角〝夷羿〞，即能明白魯迅之憂憤心情。夏瑜為國家前途為人民幸福，不惜拋頭顱灑熱血，最後也把寶貴生命犧牲掉，卻得不到愚昧民眾的理解，反而成了他們刑場看戲、茶館談笑之對象，他那份愛國情操的熱血，亦成了他們的藥

引，這是多麼可悲與無奈之事。

夷羿是位射日英雄，為了讓他老婆能吃好一點，整日庸庸碌碌，甚至不惜辛苦到百里遠的地方去打獵，這一切無非想搏得老婆歡心，讓她過好一點日子，然他老婆卻不能體諒，或根本不在乎他的苦心，自己飛到月亮上去享樂，這是多麼令人悲痛，夷羿本想把月亮和他老婆一起毀掉，然他必竟不忍，最後只好說：「明天再去找那道士要一服仙藥，吃了追上去罷。」這又是多麼的無奈！如此之事能不令人憂愁憤懣而氣結嗎？這便是作者的心情反映到作品上的結果。

所謂〝沉郁〞(Melancholy)，即是深沉蘊積，深沉中帶有感嘆！蘊積中帶有含蓄之意，而〝郁〞又與〝鬱〞同義，故沉郁又具有沉重的憂鬱之氣，悶結在心裏的意思。此種沉郁風格亦表現在魯迅的小說作品上，〈狂人日記〉除憂憤深廣外，亦有著沉郁風格，雖僅短短的十三則日記，卻蘊積豐厚，把中國四千年來的吃人歷史全部挖出來，且是含蓄的以日記體，從主角〝狂人〞之意識中所流露。而當他在規勸他大哥與陳老五他們不要再吃人無效後，所喊出那：「你們立刻改了，從真心改起！你們要曉得將來是容不得吃人的人，……」及其最後的：「沒有吃過人的孩子，或者還有？救救孩子……」是那麼的深沉有力，卻也感嘆自己亦有四千年吃人之履歷，實難見真的人。

〈祝福〉所描寫主角〝祥林嫂〞的悲劇，更讓人有無限的沉郁之感。說起她的遭遇，就令人為之鼻酸，她是那麼的善良忠厚、任勞任怨，下場卻要落得如此淒涼，怎不讓人感到悲痛，寄于無限同情。然她孤苦的在雪地死去，在舊社會中並未得到同情，魯四老爺反而罵她謬種，偏偏要在年終〝祝

福〞的時候，短工也僅淡然回答說：〝還不是窮死的〞，連頭都沒有抬就出去了，這就把人情之薄涼展露無遺。而當作者〝我〞問短工〝剛才，四老爺和誰生氣呢？〞，短工簡捷的一句〝還不是和祥林嫂〞，這就蘊含著她多少的辛酸血淚，說明她遭受魯四老爺多少辱罵與欺凌。而短工的漠不關心，淡然回答，亦包藏著他多少人生切痛的體認，反映他司空見慣的處世態度。這種把祥林嫂描寫得越無足輕重，就越表現出人情之薄涼，它所傳達沉郁格調便愈感人深切。若再把她死於年終祝福的街頭上，和年終祝福的熱鬧氣氛加以聯結，「……天地聖眾歆想了牲醴和香煙，都醉醺醺的在空中蹣跚，預備給魯鎮的人們以無限的幸福。」那麼魯迅這份深廣的憂憤與沉郁的情思，就更加震撼讀者心靈，給人有切膚的感受，真讓人有〝一彈再三嘆，慷慨有餘哀。〞的悲愴。而祥林嫂之命運，又僅是當時廣大婦女的一個縮影而已。

　　〈傷逝〉一開頭：「如果我能夠，我要寫下我的悔恨和悲哀，為子君，為自己。」即讓人感受到主角那種〝痛不欲生的哀嚎〞，這種哀嚎又是那麼的深、那麼的沉、那麼的重。句中之〝悔恨〞的深沉與〝悲哀〞的迂緩，真有曲盡抑揚頓挫之美，作品的沉郁風格便藉由它而得到深情表現，雖僅這麼簡短的一句話，就把讀者帶入主角之悲悔世界。

第二節　冷雋與尖刻

　　所謂〝冷雋與尖刻〞（Cynicism and vitriol），即是冷嘲熱諷與尖酸刻薄，又帶著語意深長而耐人尋味之意。魯迅的筆鋒素有紹興師爺〝刀筆吏〞風格之稱，蘇雪林就說他「那

支尖酸刻薄的刀筆，叫別人喫他苦頭。」[9]；曹聚仁亦說「魯迅罵人，有著紹興師爺的學風。」[10]；梁實秋也說「他是紹興人，也許先天的有一點〝刀筆吏〞的素質，為文極尖酸刻薄之能事。」[11]而這種刀筆吏風格反映在他小說作品上，便是〝冷雋與尖刻〞。魯迅為人冷靜，而冷靜的可貴，就在於對事情之剖析能入木三分非常精細，張定璜曾評他小說有三個冷靜的特色：

> 但我們知道他（指魯迅）有三個特色，那也是老于手術富于經驗的醫生的特色，第一個，冷靜，第二個，還是冷靜，第三個，還是冷靜。你別想去恐嚇他，蒙蔽他。不等到你開嘴說話，他的尖銳的眼光已經教你明白了他知道你也許比你自己知道的還更清楚。他知道怎麼樣去抹殺那表面的微細的，怎麼樣去檢查那根本的扼要的，你穿的是什麼衣服，擺的是那一種架子，說的是什麼口腔，這些他都管不著，他只要看你這個赤裸裸的人，他要看，他于是乎看了，雖然你會打扮的漂亮時新的，包紮的緊緊貼貼的，雖然你主張紳士的體面或女性的尊嚴。[12]

所以魯迅讓人的感覺就是〝冷冷的〞，他的作品亦有這種特色，但他並非生來如此，留日期間他也與許多革命青年

9　蘇雪林：《我論魯迅》，（臺北：傳記文學出版社，民六十八年五月一日），P.自序9。

10　曹聚仁：《魯迅評傳》，（臺北：瑞德出版社，民七十一年十一月），P.19。

11　梁實秋：《關於魯迅》，（臺北：傳記文學出版社，民七十七年一月三十日），P.3。

12　張定璜：〈魯迅先生（下）〉《魯迅研究學術論著資料匯編》第一卷，（北京：中國文聯出版公司，1987年3月），P.86。

一樣，對國家、人民充滿著熱忱，對將來懷著浪漫希望，他之〈自題小像詩〉、〈斯巴達之魂〉，以及〈摩羅詩力說〉等作品，無不表現出浪漫主義激昂慷慨的情懷。然隨著歲月成長，挫折不斷的增加，「見過辛亥革命，見過二次革命，見過袁世凱稱帝，張勳復辟，看來看去，就看得懷疑起來，於是失望，頹唐得很了。」[13]於是情感日漸收斂而轉向冷靜深沉。誠如梁朝‧劉勰說：「故知歌謠文理，與世推移；風動於上，而波震於下者。」[14]

可見作家的思想、風格不是一成不變的，它會隨著時代遷移而產生變化。故魯迅自此而後，便本著「正無需乎震駭一時的犧牲，不如深沉的韌性的戰鬥。」[15]之原則，徹底轉到對舊社會生活內容的深思與剖析，並展開其禿筆，深入挖掘舊社會最殘酷、最醜惡的一面，終其一生，為此而奮鬥不懈。由此，他的冷靜深沉，再加上前述之鬱悶在心裏那股深廣沉郁的悲憤之氣，就使他作品充滿著冷嘲熱諷、尖酸刻薄，且語意深長耐人尋味的特質，從而構成其〝冷雋與尖刻〞之藝術風格。

試看一下在〈狂人日記〉中：「凡事總須研究，才會明白。古來時常吃人，我也還記得，可是不甚清楚。我翻開歷史一查，這歷史沒有年代，歪歪斜斜的每頁上都寫著〝仁義道德〞幾個字。我橫豎睡不著，仔細看了半夜，才從字縫裏看出字來，滿本都寫著兩個字是〝吃人〞！」這僅是簡短的

13　魯迅：〈南腔北調集‧《自選集》自序〉《魯迅全集》第四卷，（北京：人民文學出版社編出，1993年），P.455。
14　梁朝‧劉勰：《文心雕龍‧時序》，（臺北：智揚出版社，民八十一年），P.278。
15　魯迅：〈墳‧娜拉走後怎樣〉《魯迅全集》第一卷，（北京：人民文學出版社編出，1993年），P.164。

第八章　小說藝術之風格

幾句話，卻使享有四千年榮譽的〝傳統禮教〞，受到最嚴厲刻薄的攻擊，蒙上〝吃人〞之罪名，最後作者還語意深長的喊出：〝救救孩子⋯⋯〞。

在〈風波〉中，作者以〝張勳復辟〞事件，把原本平靜的農村掀起一場撼然風波，而引起風波的原因便是那條〝辮子〞，剪掉也不對，不剪也不對，無辜百姓真不知該何去何從。以前是〝全留著頭髮的被官兵殺，還是辮子的便被長毛殺（太平天國時的太平軍）！〞，現在辛亥革命已經成功了，然人民仍依舊不知如何適從。這對辛亥革命的諷刺，是何等深刻尖銳。

在〈肥皂〉中，作者僅藉用一塊肥皂，即無情的撕去主角〝四銘〞等偽道學者假面具，暴露出他們那冠冕堂皇的虛偽性，與齷齪淫念的心態。尤其是〝四銘太太〞的一段話，更是一針見血地戳穿四銘淫念的心思：

〝他那裡懂得你心裏的事呢。〞她可是更氣忿了。〝他如果能懂事，早就點了燈籠火把，尋了那孝女來了。好在你已經給她買好了一塊肥皂在這裡，只要再去買一塊⋯⋯〞

〝胡說！那話是那光棍說的。〞

〝不見得。只要再去買一塊，給她咯支咯支的遍身洗一洗，供起來，天下也就太平了。〞

〝什麼話？那有什麼相干？我因為記起了你沒有肥皂⋯⋯〞

〝怎麼不相干？你是特誠買給孝女的，你咯支咯支的

去洗去。我不配，我不要，我也不要沾孝女的光。"

"這真是什麼話？你們女人……"四銘支吾著，臉上也像學程練了八卦拳之後似的流出油汗來，但大約大半也因為吃了太熱的飯。

"我們女人怎麼樣？我們女人，比你們男人好得多。你們男人不是罵十八九歲的女學生，就是稱讚十八九歲的女討飯：都不是什麼好心思。`咯支咯支´，簡直是不要臉！"

作者以這段聲態並作的生動對話，便尖刻辛辣而又徹底的剝去四銘層層偽裝，從買肥皂、罵女學生、稱讚那討飯的孝女等，都不是好心思。由此深刻尖銳的諷刺，躍然於紙上。

第三節　幽默與精煉

所謂"幽默"（Humor），即是滑稽而含深思意味的文字、言語或動作之意。魯迅作品，在冷嘲熱諷中還帶著詼諧幽默之風格，這種風格，就如他對《儒林外史》「戚而能諧、婉而多諷。」[16]的評論一樣。其中之"戚而能諧"，也就是「悲劇與喜劇因素的相互滲透和轉化。在悲劇的內容中，融合著喜劇性的因素，以喜劇的方式處理悲劇的內容，用詼諧幽默的筆法寫陰慘的事蹟，在輕鬆愉悅的情感中蘊含著嚴肅的社會真理。」[17]；而"婉而多諷"，亦就是「諷刺的含蓄性和豐富性的統一。它要求諷刺作品必須含而不露、意味雋永，

16　魯迅：〈中國小說史略〉載於同註29書第九卷，P.220。
17　張學軍：《魯迅的諷刺藝術》，（濟南：山東大學出版社，1994年5月），P.51。

同時還應當像生活本身那樣豐富複雜，把諷刺對象那可笑的、醜惡的本質多方面地揭示出來。」[18]

　　魯迅的小說，不管是對〝孔乙己〞、〝阿Q〞等基層社會百姓〝愚昧〞的剖析，或對〝四銘〞、〝高老夫子〞、〝張沛君〞等上層社會人民〝虛偽〞的揭發，都在含而不露的客觀描述中進行。他不僅能充分掌握這些人物的隱微之情，又善於在諷刺、幽默、戲謔的笑聲中，浸潤著沉郁之淚痕，使其作品充滿著戚而能諧、婉而多諷的藝術風格。

　　試看一下在〈孔乙己〉中的幾段描寫：

　　孔乙己一到店，所有喝酒的人便都看著他笑，有的叫道〝孔乙己，你臉上又添上新傷疤了！〞他不回答，對櫃裡說〝溫兩碗酒，要一碟茴香豆。〞便排出九文大錢。他們又故意的高聲嚷道，〝你一定又偷了人家的東西了！〞孔乙己睜大眼睛說，〝你怎麼這樣憑空污人清白……〞〝什麼清白？我前天親眼見你偷了何家的書，吊著打。〞孔乙己便漲紅了臉，額上的青筋條條綻出，爭辯道，〝竊書不能算偷……竊書！……讀書人的事，能算偷麼？〞接連便是難懂得的話……引得眾人都哄笑起來：店內外充滿了快活的空氣。

　　〝孔乙己，你當真認識字麼？〞孔乙己看著問他的人，顯出不屑置辯的神氣。他們便接著說道，〝你怎的連半個秀才也撈不到呢？〞孔乙己立刻顯出頹唐不安模樣，臉上籠上了一層灰色，嘴裏說些話；這回可是全是之乎者也之類，一些不懂了。在這時候，眾人

---

[18] 同前註。

也都哄笑起來……。

有幾回，鄰舍孩子聽得笑聲，也趕熱鬧，圍住了孔乙己。他便給他們茴香豆吃，一人一顆。孩子吃完豆，仍然不散，眼睛都望著碟子。孔乙己著了慌，伸開五指將碟子罩住，彎腰下去說道，〝不多了，我已經不多了。〞直起身又看一看豆，自己搖頭說，〝不多不多！多乎哉？不多也。〞於是這一群孩子都在笑聲裡走散了。

忽然間聽得一個聲音，〝溫一碗酒。〞這聲音雖然極低，卻很耳熟。看時又全沒有人。站起來向外一望，那孔乙己便在櫃臺下對了門檻坐著。他臉上黑而且瘦，已經不成樣子；穿一件破夾襖，盤著兩腿，下面墊一個蒲包，用草繩在肩上掛住；見了我，又說道，〝溫一碗酒。〞掌櫃也伸出頭去，一面說，〝孔乙己麼？你還欠十九個錢呢！〞孔乙己很頹唐的仰面答道，〝這……下回還清罷。這一回是現錢，酒要好。〞掌櫃仍然同平常一樣，笑著對他說，〝孔乙己，你又偷了東西了！〞但他這回卻不十分分辯，單說了一句〝不要取笑！〞〝取笑？要是不偷，怎麼會打斷腿？〞孔乙己低聲說道，〝跌斷，跌，跌……〞他的眼色，很像懇求掌櫃，不要再提。此時已經聚集了幾個人，便和掌櫃都笑了。我溫了酒，端出去，放在門檻上。他從破衣袋裡摸出四文大錢，放在我手裡，見他滿手是泥，原來他便用這手走來的。不一會，他喝完酒，便又在旁人的說笑聲中，坐著用這手慢慢走去了。

我們知道主角〝孔乙己〞是一個窮途潦倒到一無所有的

第八章　小說藝術之風格

老童生，滿口之乎者也，卻把與短衣幫一起喝酒視為恥辱，故盡管他窮困得三餐不繼，偶而要靠偷竊來維持生活，但他仍不願脫去那又髒又破卻象徵讀書人身份的長衫，因此他是〝站著喝酒而穿長衫的唯一的人。〞然在別人眼中，他只不過是一個無足輕重被人取笑的對象而已，〝孔乙己是這樣的使人快活，可是沒有他，別人也便這麼過。〞他並非沒察覺到別人對他的戲弄，但又沒能力改變自身的處境，只好靠文過飾非來遮掩，他明明偷人家的書，卻要辯解自己是清白的。當辯解也難於掩飾自己之行為時，又要咬文嚼字的替自己辯白說〝竊書不能算偷……竊書！……讀書人的事，能算偷麼？〞可見他雖窮卻仍迂腐沉醉在自視清高的夢幻中，而別人偏偏要戳破他表層的自尊，置他於尷尬的窘境，由此便構成滑稽可笑之喜劇氣氛，也產生強烈的諷刺效果。

孔乙己愈是自持清高，想保有那讀書人的身份，那群無聊的人就越要戲弄他，讓他難堪以取得〝快活的空氣〞。故當他們嘲笑他〝你怎的連半個秀才也撈不到呢？〞，〝孔乙己立刻顯出頹唐不安模樣，臉上籠上了一層灰色。〞這個挖苦猶如一把利刃，狠狠的刺向他心靈深處的創傷。在舊社會裏，從科舉道路爬上去，是讀書人畢生奮鬥之大願，結果他一文不名，一貧如洗，這已有夠淒涼的了，而這群無聊人卻又偏要去揭他瘡疤，這是何等殘忍，何等悲痛啊！透過他那頹唐不安的模樣，以及籠罩著灰暗的神色，讀者彷彿聽到孔乙己的痛苦呻吟，彷彿看到一顆滴血的心靈在顫抖，令人不由發出嘆息！產生憐憫。

當他被打斷腿後，雖仍死要面子，然那懇求的神情，以及行走的艱難，除讓讀者灑下同情眼淚外，再也引不起任何笑意。可見作者係通過一個窮困潦倒的舊社會知識份子之形

象塑造，來表現一幕生活中的悲喜劇，並含蓄的諷刺其自恃清高、刻板迂腐、好吃懶做的性格，同時也展現他善良的一面，給孩子們吃茴香豆，誠懇地教小伙計識字。使這篇作品在喜劇的快活空氣中，顯示淒慘的悲劇結局，在輕鬆的情感中蘊藏著嚴肅的社會真理，在每個喜劇性行動中，也都深含著悲劇性因素，熔悲喜劇於一爐，進而達到兩者的有機統一，使讀者在對孔乙己種種虛榮迂腐行為發出嘲笑時，又感覺到一股寒意之侵襲。隨著情節發展，喜劇色彩逐漸被沖淡，悲劇氣氛卻逐漸的濃重起來，最後讓讀者完全浸入在沉重的壓抑之中，不由對那群嘲笑孔乙己的無聊人產生憤怒，亦對舊社會人與人之間的冷酷涼薄產生悲嘆！也引人深思這樣的社會問題。由此，戚而能諧、婉而多諷還帶著憂憤沉郁的風格，便展現在讀者眼前。

　　錢鍾書之《圍城》，主人翁〝方鴻漸〞是個從中國南方鄉紳家庭走出的青年，迫於家庭壓力與同鄉周家女子訂親。後來在他上大學期間，周氏患病早亡。大學畢業後出國求學，然而在歐洲遊學期間，荒廢學業，但為了給家人一個交代，購買了虛構的〝克萊登大學〞博士學位證書，並隨海外學成的留學生回國。在船上與留學生鮑小姐相識並熱戀，卻被鮑小姐欺騙感情，同時也遇見了同船留學歸國的大學同學蘇文紈。到達上海後，在已故未婚妻父親周先生開辦的銀行任職，並獲得蘇文紈的青睞，又與蘇的表妹唐曉芙一見鍾情，於是整日周旋於蘇、唐二人之間，也結識正狂熱追求蘇文紈的趙辛楣，進而引發趙辛楣的一番誤解和情鬥。最終與蘇、唐二人感情終結。抗戰開始，方家逃難至上海的租界，方鴻漸在趙辛楣的引薦下，與趙辛楣、孫柔嘉、顧爾謙、李梅亭等幾人，同赴位於內地的三閭大學任教。由於方鴻漸性

第八章　小說藝術之風格

格比較軟弱，陷入了複雜的人際糾紛當中，後與孫柔嘉訂婚，並離開三閭大學回到上海，在趙辛楣的幫助下，在一家報館任職，與孫柔嘉結婚。婚後，方鴻漸夫婦與方家、孫柔嘉姑母家的矛盾暴露並激化，方鴻漸辭職並與孫柔嘉吵翻，逐漸失去了對生活的希望。該部小說揭示人生的無奈和命運的神奇，從婚姻是圍城到人生是圍城，主人翁方鴻漸不斷渴望跳出圍城，但卻又落入另一個圍城，描繪了人生和現實世界的爭扎和束縛。

　　作者借對三閭大學校長高松年的描寫，將人性演化中與生俱來的弱點作過一番精彩的比喻：「事實上，一個人的缺點正像猴子的尾巴，猴子蹲在地面的時候，尾巴是看不見的，直到他向樹上爬，就把後部供大眾瞻仰，可是這紅臀長尾巴本來就有，並非地位爬高了的新標識。」書中針對中國人，特別是知識分子的許多缺點作出了幽默的嘲諷，具有警醒意味。如唵滋在滋於高學歷、洋文憑帶來的虛榮，對學問本身卻熱衷於牽強附會、一知半解的浮誇，而對傳統文化則滿足於抱殘守缺的炫耀和固步自封，尤其是面對現實生活和名利地位時的本能、流俗和無奈。這一切也同時反映了那個動盪的大時代，國人在面對西方洶湧而來的現代文明時的內心惶恐，即便是知識分子也難獨善其身。由此，構成該部小說幽默的藝術風格。

　　至於〝精煉〞，即是精確凝煉之意。魯迅小說的風格雖是多方面的，然他所採用的藝術形式卻十分單純、樸素，不管是在結構上，或題材選取、情節安排，以至人物的塑造等，皆是如此。他從生活上出發，力求不假虛飾如實描寫，以其特有的冷靜去洞察、瞭解人物心靈深處的世界，並運用他擅長之〝畫眼睛〞手法，三言兩語即貼切的把人、事、物特徵，

傳神表達出來。故魯迅的作品，不僅讓人感到樸實自然，亦非常貼切而簡潔，於是構成他小說上精確凝煉的藝術風格。

試看一下在〈藥〉中的二句話描述：「這大清的天下是我們大家的。」、「可憐可憐哩。」第一句話是主角〝夏瑜〞勸牢頭阿義造反時說的，第二句話是牢頭打了他兩個嘴巴後，他對牢頭說的（指牢頭可憐）。雖僅簡潔兩句話，卻十分鮮明表現出革命烈士堅貞不移的情操，與高尚的自傲心，同時還流露出他那悲天憫人之胸懷。

在〈阿Q正傳〉中，主角〝阿Q〞與小D打架時，那群看客所發出的〝好了，好了！〞、〝好，好！〞，這樣的兩句話本是十分平常，然當它從看客口中發出，尤其是在阿Q與小D兩人相持已有半個鐘頭之後才說出來的，就使這原本極為平常的話，賦於它特別內涵。好了，好了！〝大約是勸解的。〞好，好！〝不知道是勸解，是頌揚，還是煽動。〞卻生動、精確地剖析看客們的心情，即使有勸解之意，那也是在他們看足看厭後的勸解，由此便揭示出麻木不仁的看客心態。

在〈離婚〉中，〝七大人〞僅一句〝來～～兮！〞，就把潑辣強硬，不惜拼出一條命的主角〝愛姑〞給屈服了。可見這句話對愛姑而言，它所賦予的內涵有多恐怖，它應是象徵著中國三、四千年來的傳統禮教、宗法制度，以及那衙門的殘酷。在傳統禮教與宗法制度中，婦女根本沒什麼地位，丈夫不要公婆說走就得走，那裏還能容得愛姑告上縣衙來。愛姑之所以敢如此強硬，除本身性格，以及她父親的支持外，所依憑的就是她之〝理直氣壯〞，以及深信「知書識理的人是講公道話的」所以她相信七大人會主持公道。沒想到

父親不說話，讓她頓然失去靠山，孤立無依，而七大人與尖下巴的少爺又再三提醒她禮教的規範，「公婆說〝走！〞就得走。」整個情況並非如她所認知那樣，只要有理，知書識理的人會主持公道。如此一來，原先之信心便遭受瓦解，而來～～兮！係衙門用刑前，審判大人的叫聲，舊社會對疑犯用刑逼問是極為殘酷的，她難免畏懼心寒。故當愛姑聽到這一聲來～～兮時，那種驚恐「彷彿失足掉在水裏一般」她馬上知道依照禮教「這實在是自己錯」不在有理沒理的問題。所以她既覺得自己錯，又感到用刑前奏的威壓，當這種威壓壓倒她之潑辣強硬性格時，她就會如羔羊般的順從說：「我本來是專聽七大人吩咐……。」魯迅這句話用得實在是精妙，僅僅這句話就足於把該篇作品的主題，以暴露舊社會的恐怖形象完全表達出來。

　　而在〈風波〉中，九斤老太的〝一代不如一代〞。在〈端午節〉中，主角〝方玄綽〞的〝差不多〞。在〈在酒樓上〉中，主角〝呂緯甫〞的〝敷敷衍衍，模模糊糊。〞等高度個性化語言，雖僅這麼一兩句話，卻往往概括了人物全部的人生閱歷與思想性格，使讀者印象深刻。可見魯迅不管在人物形象的塑造上，或是動作、對話、景物等的描寫，均能緊守〝畫眼睛〞手法，力求適應短篇小說之特點，以達到「借一斑略知全豹，以一目盡傳精神。」[19]的目的，使其作品展現出精確凝煉而簡潔的風格。

　　俄・安東・帕夫洛維奇・契訶夫（Anton Pavlovich Chekhov，1860～1904）之《變色龍》，以簡短的篇幅，精

---

[19] 魯迅：〈《近代世界短篇小說集》小引〉載於同前註書第四卷，P.131。

練的文字，生動地描繪了警官〝奧楚蔑洛夫〞見風使舵、趨炎附勢的性格，鋒利地刻畫當時俄國沙皇的專制下，官員阿諛奉承、卑鄙無恥的鮮明形象。小說中以小狗咬首飾匠手指作為開篇，警官奧楚蔑洛夫則是偶然經過而斷案的人物。他在斷案的過程中，根據小狗主人的身分，變換了五次說法：從〝這多半是條瘋狗〞、〝它身子矮小〞、〝這條狗呢……完全是下賤坯子〞、〝狗是嬌嫩的動物嘛〞、〝這是條野狗！……弄死它算了〞〝……這條小狗怪不錯的……挺伶俐〞。每一次說法的變化，都讓人看清他欺下媚上的嘴臉，充分展現了如〝變色龍〞般，根據環境變換顏色的特性，以生動的語言勾勒出官員的虛偽與醜惡。而社會的人們，在這樣的政府統治下，只能軟弱地任人魚肉、宰割，逆來順受，展現出當時政府統治下社會的黑暗。作者所創造的奧楚蔑洛夫這個典型，具有鮮明的時代特徵，反映出當時俄國〝警察國家〞的黑暗。但契訶夫對這種現象不是直接採取忿怒的揭發和深刻的批判，而是運用幽默和精煉的卓越藝術風格，揭露這個封建專制國家，在華麗莊嚴掩蓋下的醜惡與卑劣。

第四節　特色的運用

〝風格〞這一概念被用於文藝批評上，在中國起於南朝・劉勰的《文心雕龍》；在西方起於法・布豐伯爵喬治-路易・勒克萊爾（Georges-Louis Leclerc, Comte de Buffon，1707~1788）的《風格論》（Mannerism）。

布豐在法蘭西學院入院儀式上，講演《風格論》中提出：

一個作家必須將自己的思想載入不朽的文字，始能不

為他人所掠奪，而垂於久遠；思想是公物，而文筆則屬於作家自己，科學在不斷進步，科學論點肯定要被新的研究成果超過，而文章風格卻是後人無法代替的。[20]

可見作家所應該努力的特色運用，應有如下三點：

一、獨特的藝術風格：

所謂〝獨特〞(Unique)，意即獨一無二的、單獨具有的、與眾不同的。作家首要創造出自己獨特的藝術風格，才能無可替代，進而長遠流傳。

二、觸動心靈而共鳴：

所謂〝觸動〞(Touch)，意指碰動，受外界某種因素而激發思想或情感等。

魯迅說：「蓋凡有人類，能具二性：一曰受，二曰作。受者譬如曙日出海，瑤草作華，若非白痴，莫不領會感動；既有領會感動，則一二才士，能使再現，以成新品，是謂之作。」[21]意思是說，我們人類的創作，來自於對天地萬物的感受，沒有感受也就不會產生創作。可見，自然科學甚至是哲學，是用領悟的，而文學是用感觸的。

月圓固然是美，月缺依舊也是美，只不過這是兩種不同

---

20 見《百度百科・布封條》，網址：https://baike.baidu.hk/item/%E5%B8%83%E5%B0%81/3301197，2022.04.28 上網。

21 見魯迅：〈集外集拾遺補編・擬播布美術意見書〉《魯迅全集》第八卷，（北京：人民文學出版社編出，1993 年），P.45。

的美而已，前者讓人的感覺是一種圓滿的美，而後者讓人的感覺是一種帶有淒淒的美，卻也最能觸動我們人類的心靈。就如南唐後主李煜的《相見歡》：

> 無言獨上西樓，月如鉤。寂寞梧桐深院鎖清秋。
>
> 剪不斷，理還亂，是離愁。別是一般滋味在心頭。

當我們閉上眼睛，發揮想像力去試想一下這首詞的情境：〝在一座很大的庭院裏，裏面有幾棟樓房，還有幾棵梧桐樹，然後在一個秋風瑟瑟夜深人靜的晚上，有一個孤獨的人帶著落寞神情，站在西樓的洋台上，若有所思的望著高掛在天空的殘月。〞這種情境讓人的感覺自然是一種淒涼的美，但卻也是最能觸動我們人類心靈的跳躍，引發出情感的一種情境。文學之所以美，美在能夠觸動我們人類的心靈，進而與讀者產生共鳴，這是作家對作品必須掌握的重點。

三、引發讀者好奇心：

好奇（Curiosity）是人類對新事物追求的動力，進而產生興趣，便會想要探索、研究及學習的特質。有好奇才會引發學習的過程，以及想要了解知識及技能的慾望。因此，如何創作出讓讀者產生好奇心的作品，是作家重要的課題。

綜上所論，小說藝術的風格，是由作者本身的主觀因素和環境的客觀因素，這兩方面趨于統一而形成。因此，作家所應該努力的，便是創作出具有自己獨特藝術風格的作品，才能無可替代，進而長遠流傳，尤其是能觸動我們人類的心靈，進而與讀者產生共鳴，以及引發讀者產生好奇心等，才是作家對作品必須掌握的重點。

第九章 結論

綜上所論，總的來說，想寫小說的人很多，但能寫得好的人並不多，成名者更是寥寥無幾。但小說創作，筆者認為並沒有那麼困難，關鍵在於以下幾點〝寫作技巧〞的掌握：

一、在小說標題的選擇方面：

小說標題的選擇，除善用以標題來直接反映內容，或間接反映內容外，也要具特別與聳動，才能引起讀者的好奇心，並運用簡潔凝煉的語詞，使其和諧統一，尤其是在簡短的標題中，卻微言義重，意蘊深含，才能引人入勝，進而對人生產生啟示作用。

二、在小說情節的處理方面：

小說情節的處理，不管是其結構、敘事、描寫、內容等，皆要善以交互運用，才能革新傳統模式，開創現代化的處理方法，尤其在故事真實度的增強與意蘊空間的拓展特別重要，因寫實手法容易讓讀者感同身受，而引起共鳴；而意蘊空間讓讀者有無限遐思，進而引人入勝，使之〝永遠表達不盡〞的另一種故事。

三、在小說時空的安排方面：

小說時空的安排，宜採較能引起讀者共鳴的時段，尤其是以模糊時間概念，來延伸其意蘊。並採多樣化手法，來兼顧明確或隱含的空間，使作品在真實感與讀者的想像空間上能並重，才能引起讀者共鳴與滿足其想像中的理想。

四、在小說人物的塑造方面：

小說物形象的塑造，其姓名之制定，應讓讀者能望文生

訓；其角色之特徵，要能突顯其所扮演角色的特徵為原則，以及簡潔有力的描繪，並著重於特性與共性的兼顧並用，才能深化讀者對人物形象的感受，進而渲染讀者的喜怒哀樂。

五、在小說語文的運用方面：

小說語文的運用，要簡潔精練又具立體化的語言文字藝術，適當貼切又抓得住重點的語言文字藝術，且要兼具民族性風格與鄉土性特色的語言文字藝術，以及憂憤深廣與意蘊內涵的語言文字藝術，與詼諧幽默又辛辣濃郁的語言文字藝術等特點，才能更深化人物形象的特徵。

六、在小說主題的思想方面：

小說主題的思想，係作者以作品為媒介，用以傳達其中心思想，以感動來說服讀者。它的種類雖然眾多，但要創作出經典的作品，才能永傳於世。因此，作家要有正確的人生觀，才能建立正確價值的主題思想，尤其作家不僅要有主見，還要有一個自己深刻體會的主題，才能寫成出色的作品，進而對讀者產生了教育功能。

七、在小說藝術的風格方面：

小說藝術的風格，是由作者本身的主觀因素和環境的客觀因素，這兩方面趨于統一而形成。因此，作家所應該努力的，便是創作出具有自己獨特藝術風格的作品，才能無可替代，進而長遠流傳，尤其是能觸動我們人類的心靈，進而與讀者產生共鳴，以及引發讀者產生好奇心等，才是作家對作品必須掌握的重點。

　　以上七點寫作技巧，如能反覆練習，必能達到熟能生巧的掌握其關鍵，進而成為善於書寫小說的作家。如能加上一點天賦，肯定會是傑出的小說家，尤其是扮演上帝，或是魔鬼時，你將會知道，什麼是五彩繽紛的人生？所有困頓或是遺憾，也將獲得撫平。

國家圖書館出版品預行編目資料

小說創作之理論與實務 / 蔡輝振　著
臺中市：天空數位圖書　2022.01
面：17X23 公分
ISBN：978-986-5575-77-9（平裝）
1.小說　2.創作　3.技巧　4.理論　5.實務
812.71　　　　　　　　　　　　　　111001102

書　　　名：小說創作之理論與實務
發 行 人：蔡輝振
出 版 者：天空數位圖書有限公司
作　　　者：蔡輝振
版面編輯：採編組
美工設計：設計組
出版日期：2022 年 01 月（初版）
銀行名稱：合作金庫銀行南臺中分行
銀行帳戶：天空數位圖書有限公司
銀行帳號：006-1070717811498
郵政帳戶：天空數位圖書有限公司
劃撥帳號：22670142
定　　　價：新臺幣 490 元整
電子書發明專利第　Ｉ　306564　號

服務項目：個人著作、學位論文、學報期刊等出版印刷及DVD製作
影片拍攝、網站建置與代管、系統資料庫設計、個人企業形象包裝與行銷
影音教學與技能檢定系統建置、多媒體設計、電子書製作及客製化等
TEL　：(04)22623893　　　　MOB：0900602919
FAX　：(04)22623863
E-mail：familysky@familysky.com.tw
Https ://www.familysky.com.tw/
地　址：台中市南區忠明南路 787 號 30 樓國王大樓
No.787-30, Zhongming S. Rd., South District, Taichung City 402, Taiwan (R.O.C.)